어머니의 홍시

김국자 수필집

세계문예

어머니의 홍시

김국자 수필집

■ 작가의 말

첫수필집 『마음은 청춘인데』 출간 후 벌써 삼 년 세월이 흘렀습니다. 곧이어 제2집을 출간하려 했지만, 이런 저런 사정으로 인하여 이제야 출간하게 되었습니다.

제1집에 언급한 바와 같이 제 졸필은 설익은 과일과 같습니다. 그러나 무력했던 건강을 회복하여 글을 읽을 수 있고, 글을 쓸 수 있음에 감사하여 소소한 일상을 엮어 봅니다.

2021년 해바라기가 한창이던 날 김국자

친구들이 치매예방에 화투가 제일이라지만, 나는 독서가 제일이라 생각한다. 시력과 기억력이 점점 나빠져도 좋은 책을 읽으며 부족한 지식을 채우면서 글 쓰는 재미로 살아가고 싶다.

–「사람은 책을 만들고 책은 사람을 만든다」 중에서

사랑싸움은 구름 속에 숨었는지 행복했던 기억만 새록새록 떠오른다. 얼마나 많은 세월이 흘러야 그대를 잊을 수 있을까? 자꾸만 그립고 보고 싶다.

–「그대가 그리울 때」 중에서

*1*부 호칭을 바꿨더니

2부 그대가 그리울 때

3부 **전설 속으로**

*4*부 어머니의 홍시

*1*부

호칭을 바꿨더니

전하지 못한 고마움

경상남도 통영에 사는 아들네 집에 갔다가 돌아오는 날이었다. 버스표를 예매해 놓았기에 고속버스터미널로 나가려는데, 며느리가 "어머니, 아범이 모시러 온다고 했으니 조금만 기다리세요." 했다. 이제나저제나 아들 오기를 기다렸지만, 기다리는 아들은 오지 않고 버스표 시간이 임박해 왔다.

며느리가 아들에게 전화를 했다. 통화를 마친 며느리의 표정이 심상치 않았다. 급한 용무로 출장을 갔다는 아들 대신 며느리가 버스터미널까지 데려다주겠다고 했다. 그럴 수 없는 상황이었다. 네 살배기 손자에 신생아까지 움직여야 하기 때문이다. 가방을 들고 나서는 내 옷자락을 부여잡으며 "할머니, 나도 갈래요." 울음보를 터트리는 큰 녀석을 간신히 달래놓고 도망치듯 뛰쳐나왔다.

에어컨을 가동한 아들네 집에서는 더운 걸 몰랐는데, 집을 나서니 바깥 날씨는 무척 더웠다. 삼복더위라도 서울에서는 기온이 35도 이상 올라간 적이 없는데, 바닷가라서 그런지 살갗이 타들어갈 것처럼 햇볕이 강렬했다. 평소에는 빈 택시도 많더니 그날따라 빈 택시가 보이지 않았다. 시간이 촉박하여 허둥지둥 버스정류장으로 뛰어갔다.

시골버스는 운행시간이 지정되어 있었다. 정류장에 있는 시간표를 읽어보니 다음에 도착할 버스는 십 분을 더 기다려야 했다. 고속버스터미널에 있어야 할 시간에 동네 버스정류장에서 동동거리는데, 아파트단지에서 승용차 한 대가 미끄러져 내려왔다. 체면을 차릴 처지가 아니었다. 다급한 마음에 오른손을 번쩍 들었다.

젊은 여성이 유리문을 열고 "할머니, 어디로 가실 건데요?" 하고 물었다. "미안하지만 같은 방향이면 터미널까지 부탁드려요." 했더니 "어서 타세요." 하며 문을 열어주었다. 거의 울상인 내 얼굴을 바라보며 고속버스 출발시간을 묻더니 "그 차를 탈 수 있도록 최대한 노력해볼게요." 하면서 요리조리 지름길로 차를 몰았다.

버스터미널에 도착하자. "빨리 뛰어가세요. 어쩌면 가능할 것 같아요." 친절하게 말했다. 몸도 마음도 바작바작 타들어 가는 다급한 상황이라 "감사합니다. 감사합니다."만 연발하며 서울 행 버스를 향해 뛰었다.

버스에 오르자마자 출발신호가 울렸다. 그와 동시에 아들이 허겁지겁 뛰어올라왔다. "어머니, 죄송해요. 급히 출장 가는 바람에…" "회사업무로 그런 걸 괜찮아!" 좌석에 앉는 걸 확인하고 아들은 차에서 내렸다.

버스가 출발할 때 비로소 터미널까지 데려다준 여성 운전자의 얼굴이 어른거렸다. '전화번호라도 적어놓을 걸!' 솔직히 그땐 예매해 놓은 버스를 탈 수 있을까? 긴장하여 마음의 여유가 없었다. 아무리 긴박한 상황이라도 답례할 여유는 있어야 도리인데, 가장 중요한 일을 빠뜨렸다.

이런 경우를 빗대어 '화장실 들어갈 때 다르고 나올 때 다르다.'는 말이 있나보다. 다급할 땐 자신의 욕망에만 급급하고 급한 일을 해결하고 나면 고마움을 잊어버리는 사람을 비유한 말이리라. 아름다운 마음을 담은 책이라도 한 권 보냈으면 좋았을 텐데, 아쉬운 마음이다.

욕심을 부린 탓에

한국문인협회 심포지엄이 충청남도 보령에서 있을 때의 일이다. 사당역에서 관광차를 타고 보령으로 가는 도중 오천에 있는 수영성을 탐방하고 정오쯤 행사장인 한화리조트에 도착했다. 보령은 내가 태어나고 성장한 고향이다.

한화리조트에서 문학심포지엄을 치른 다음날, 참석자 모두 봉성리로 이동되었다. 봉성리는 보령문인협회 지부장으로 있는 김유제 시인의 자택이 있는 동네로 석공예로 유명한 곳이다. 역사 깊은 사찰과 경치가 아름다워 소풍 장소로도 매우 유명하다.

봉성리에 도착했을 때 문학예술마을이라는 안내석이 눈길을 끌었다. 학창시절 소풍 다닐 땐 이런 전시품이 없었는데, 이름만 들어도 어떤 분이라는 걸 알 수 있는 저명한 시인들의 작품들이 진열되었다. 커다란 자연석에 새겨있는 시를 감상할 수 있음에 감사드렸다.

울퉁불퉁 제멋대로 생긴 자연석을 곱게 다듬어 한 글자 한 글자 새겨놓은 정성에 감탄하지 않을 수 없었다. 더욱 감동스러운 일은 제작된 시비 모두 김유제 시인의 사비로 제작되었다는 점이다.

어떻게 그 많은 비용을 사비로 충당할 수 있을까? 이렇게 훌륭한 일을 할 수 있음은 문학을 사랑하는 열정이 있기에 가능하리라. 앞으로도 이 일을 계속하겠노라는 김유제 시인의 열정에 찬사를 보낸다.

그날 그 마을에 문학헌장비가 제막되었다. 문학헌장비로 하여금 문학마을의 위상이 한층 더 격상된 느낌이었다. 제막식을 마치고 밤 줍기 행사가 진행되었다. 바로 전날 심포지엄 행사장에서 김유제 시인이 "우리 동네에 밤산 하나를 통째로 사놓고 왔으니 내일은 모두 밤을 주우러 갑시다."라는 안내 말씀이 있었다.

안내 말씀을 들을 땐 농담인 줄 알았는데, 200여 명 참석자 모두 참여할 정도로 넓은 김유제 시인 소유의 산으로 안내되었다. 밤을 담을 비닐봉지까지 꼼꼼하게 준비한 배려에 감사하며 밤을 줍기 시작했다.

산 전체가 밤나무뿐인 나지막한 동산에 밤송이들이 아름을 벌어 밤알들이 저절로 바닥으로 쏟아져 있었다. 아기 주먹만 한 굵은 밤을 주우며 낭만에 젖었다.

우리 동네 방학동 뒷산에도 밤나무가 많아 해마다 가을이면 그곳에서 밤을 줍는다. 우리 동네 밤나무는 토종밤이라 자잘한데, 봉성리의 밤은 신품종이라 그런지 모두 굵직굵직했다.

가시에 찔리면서 밤 줍는 재미에 신이 났다. 약 한 시간도 안 되는 짧은 시간이었지만, 주최 측에서 나누어준 비닐봉지가 가득 찼다. 마을회관에서 점심 식사한다는 소식을 들으며 모두 내려가는데 나는 계속 밤을 주웠다.

일행들의 모습이 보일락말락할 때쯤 부리나케 뛰어내려갔다. 마을회관에 도착했을 때, 일행들이 "밤 보따리는 어디 있어요?" 하고 물었다. 그제야 내 손을 바라보니 소지품 가방만 들고 있었다.

산에서 내려올 땐 분명히 밤 보따리를 들고 왔는데, 어찌된 일일까? 신작로에서 신발을 터느라 보따리 내려놓았던 생각이 떠올랐다. 아쉬움에 그 자리에 가보았지만 아무것도 보이지 않았다. 두리번거리는 내 모습을 보고 벼를 말리던 농부들이 "승용차가 여러 대 지나갔는데…" 하며 아쉬워했다.

승용차가 여러 대 지나갔으면 밤 보따리가 그 자리에 그대로 있을 리 만무하다. 섭섭했지만 더 이상 아쉬워하지 않기로 했다. 이 모두 내 지나친 욕심 때문에 생긴 일이기 때문이다. 회원들과 함께 행동했더라면 이런 실수 없었으리라. 참 부끄러웠다.

김유제 시인의 배려를 저버리고 욕심을 부리다가 큰 코 다친 셈이다. 그땐 '지나치면 부족함만 못하다'는 격언을 잊고 있었다.

꿈과 바꾼 것

내 꿈은 백의의 천사가 되는 것이었다. 질병으로 고통받는 사람들을 위해 헌신하고 싶었는데, 나는 그 꿈을 이루지 못했다. 내가 자랄 땐 자신의 진로를 마음대로 결정할 수 없었다. 우리 어머니는 딸자식 중학 졸업이면 과분하다 여기는 분이라 상급 학교 진학을 적극 반대했다.

내가 진학하고 싶은 학교는 군산에 있는 개정간호고등학교였다. 지금은 간호대학으로 승격했지만, 그땐 간호고등학교로 장래가 유망한 학교로 손꼽혔다. 내가 그 학교를 동경하게 된 동기는 그 학교를 졸업한 친척 언니의 영향이 매우 컸다. 그 언니의 대관식에 참석한 후 언니처럼 간호사가 되고 싶었다.

그 언니네는 우리보다 식구도 곱절 많고 가난했지만, 교육열만은 대단했다. 언니는 학비와 기숙사비를 마련하기 위해 가정교사를 하고 식사비를 아끼기 위해 배가 아프다며 식사시간에 내려가지 않았다고 한다. 그러한 사정을 짐작한 주방 아주머니의 배려로 누룽지만 먹고 공부했다는 눈물겨운 이야기를 듣고 감동했다.

어려운 환경을 극복하고 열심히 공부하여 장학생으로 졸업한 용기를 본받고 싶었다. 졸업과 동시에 그 학교 부속병원에 취직한 언니를 보고 어머니 마음이 누그러졌고 그 학교에 진학하도록 허락하셨다.

지금은 입학원서를 온라인으로 신청하고 제출하지만, 그땐 입학원서를 직접 제출했었다. 언니가 보내준 입학원서를 제출하러 갈 적에, 학교를 직접 보고 싶다며 부모님이 동행하셨다. 지금은 동백대교가 신설되어 교통이 편리하지만, 그땐 대천에서 장항까지 기차를 타고, 장항에서 군산까지는 배를 타고 갔다.

마중 나온 언니의 도움으로 입학원서를 제출하는데, 언니가 자꾸 코를 만지작거리는 나를 바라보았다. 코가 자주 막히고 머리가 몹시 아프다고 했더니 검사부터 받아보자며 언니가 근무하는 이비인후과로 안내했다. 검사 결과 축농증이 심각하다며 수술 날짜를 예약하게 되었다.

지금은 축농증 수술을 하루에 마치지만, 그 땐 일 주일 간격으로 한 쪽씩 나누어 수술했다. 며칠 동안 통통 부은 얼굴로 음식 먹기도 불편하고 고통스러웠다. 축농증 수술이 회복되기도 전에 우리 집에 대대적인 사건이 발생했다.

아버지가 갑자기 편찮으셔서 읍내 병원에 입원하셨다. 목에 계란 노른자처럼 둥글둥글한 것이 생기고 통증이 심하다고 했다. 검사 결과 갑상선암으로 판정되어 서울 세브란스병원에서 수술하셨다.

암세포가 어깨까지 번져 귀를 떼었다가 붙일 정도로 위험한 수술이라 내 진학에 신경 쓸 겨를이 없었다. 두어 달 만에 퇴원하신 아버지께서 '진학은 내년에 하기로 하자.' 하실 때, 목이 메어 눈물만 뚝뚝 흘렸다.

기다리고 기다리던 다음 해 봄은 돌아왔지만, 진학의 꿈은 파랑새처럼 멀리멀리 날아가 버렸다. 아버지가 완전히 회복되지 않은 상황에 어머니마저 병석에 누웠기 때문이다.

아버지를 간병하느라 무리한 탓인지 어머니는 중환자가 되어 버렸다. 시골에서 고칠 수 없는 병이라며 어머니도 세브란스병원에 입원하셨다. 대수술을 받은 어머니는 무거운 것도 들지 못하고 힘든 일을 할 수 없었다. 어머니 대신 집안일을 돕던 어느 날, 힘들고 복잡한 상황에서 벗어나고 싶었다.

신문에서 본 여군모집 공고가 나를 유혹했다. 간호장교로 복무 중인 친구의 편지를 받고부터 더욱더 간절했다. 원서를 제출하려면 반드시 보호자의 도장이 필요했다. 아버지 몰래 도장을 찍으려다가 아버지에게 들키고 말았다.

지금은 여군들의 활약을 자랑스럽게 평가하지만, 그땐 딸자식이 군에 입대하는 걸 가문의 수치로 여겼다. '자식 하나 없는 셈 치겠다'며 역정을 내는 아버지 때문에 결국 포기하고 말았다.

비록 꿈은 이루지 못했지만, 부모님 말씀 어기지 않은 걸 다행이라 생각한다. 그때 부모님 가슴에 대못을 박았더라면, 평생 가슴앓이하며 살았으리라.

부끄러운 나잇값

베란다에서 빨래를 널고 있는데, 다리를 절뚝거리며 걸어오는 할머니가 보였다. 한 번도 본 적 없는 할머니였다. 어느 댁 어르신일까? 다리는 왜 저렇게 저실까? 궁금했지만 일정에 차질이 생길까 봐 부지런히 빨래를 널었다.

외출하려고 집을 나서는데 조금 전에 그 할머니가 계단 바닥에 앉아계셨다. 한쪽으로 비켜가려다 다리를 절뚝거리던 모습이 떠올라 "할머니, 어디 편찮으세요?" 여쭈었다. 할머니께서 "미안하지만 나 좀 일으켜줘." 하시며 손을 내밀었다.

엄청 뚱뚱한 체격에 다리까지 불편하시어 일으켜드리기 어려웠다. "발목을 삐었내비여." "할머니 몇 호에 사세요?" "저~기 아들네 집에 댕기러 왔어." "제가 모셔다드릴게요." "집에 가봐야 아무도 없는디. 나 약국 좀 데려다줘." 하며 도움을 청했다.

난감한 일이었다. 강원도 춘천에서 오신 신부님 강의를 들으며 피정하는 날이기 때문이다. 시간이 촉박했지만 할머니의 청을 거절할 수 없었다. 제대로 걷지 못하는 할머니를 길 건너 약국까지 모시고 가는 일은 고역이었다. 우람한 체격을 완전히 내게 의지했기 때문이다.

할머니의 다리를 만져본 약사가 "정형외과로 가셔야 되겠습니다." 하며 위층에 있는 정형외과를 가리켰다. "병원은 무슨 병원! 그냥 파스만 붙이면 돼는디!" 하며 할머니가 고집을 부렸다. "파스 붙여서 될 것 같으면 왜 안 드리겠어요." 약사의 말을 들으며 할머니를 부축했다.

엘리베이터가 없는 건물 3층까지 올라가느라 진땀을 뺐다. 접수를 하는 동안 할머니가 기침을 요란스럽게 하더니 간호사에게 "휴지 좀 줘." 하고 손을 내밀었다. 휴지에 가래를 뱉더니 "자~~" 하며 간호사에게 주었다. 마지못해 휴지를 받던 간호사가 입을 삐죽거리며 내게 "어머니세요?" 하고 물었다. 당황스럽고 창피한 나머지 고개를 좌우로 흔들었다.

그런데 할머니가 "우리 딸인디 왜 그려!" 순간, 간호사의 눈총은 더욱 따가워지고 내 마음은 그 곳을 빨리 벗어나고 싶을 뿐이었다. 아무리 연세가 드셨어도 그렇지. 어떻게 아무에게나 반말을 할까? 더구나 더러운 휴지를 간호사에게 줄 수 있는지 도저히 이해할 수 없었다. 아니 그건 그리 대단한 일이 아니었다.

그보다 더 큰 일이 벌어졌다. 순서대로 차례차례 기다려야 하건만, 무조건 진료실로 들어가는 할머니 때문에 간호사들이 애를 먹었다. 남들은 순서대로 기다리는데, 이 할머니는 순서를 어기며 소란을 피웠다. 초면인 사람을 자기 딸이라고 하는 배짱에 놀랐고 막무가내로 고집 피우는데 놀랐다. 그 자리를 벗어나고 싶었지만, 성치 못한 노인을 두고 갈 수 없었다.

일정이 어긋난 생각을 하면 속이 상했다. 어차피 늦었는데, 조바심대면 뭐하나. 이 일이 오늘의 소임이라 여기며 마음을 달랬다. 발목을 만져 본 의사가 엑스레이를 찍어야 한다는 말을 하는 동시에 할머니가 벌떡 일어섰다. “한의원으로 가야지 안 되겠어. 삐었을 땐 그저 침이 최고여! 엑스레이는 무슨 엑스레이.” 하며 내 손목을 잡았다.

그 건물에는 한의원이 없었다. 버스로 한 정류장 거리였지만, 제대로 걷지 못하는 할머니 때문에 택시를 탔다. 할머니는 한의원에서도 가만히 계시지 않았다. 의사를 보자마자 ‘의사는 나이가 지긋해야 허는디, 젊어두 너무 젊어~’ 불평불만이 이만저만 아니었다. 그러거나 말거나 발목에 침을 놓고 돌아서는 의사에게 “기왕 꽂는 김에 인중에다 하나만 꽂아 줘.” 했다. 어이없다는 듯 그대로 돌아서는 의사에게 인정머리라고는 손톱만큼도 없다며 계속 궁시랑거렸다.

일정을 망친 것도 속이 상한데 약국에서, 병원에서, 한의원에서 할머니의 경솔한 행동으로 부끄럽고 창피했다. 내 자식 아닌 젊은 의사와 간호사에게 반말로 이래라저래라 함부로 대하고, 초면인 사람을 자기 몸종 부리듯 하는 할머니를 모시고 다니면서 내 자신을 되돌아보았다. 인생 공부를 톡톡히 한 셈이다.

내 손이 약손

자정이 다 된 시간에 전화벨이 울렸다. 졸음이 밀려오는 눈을 비벼가며 수화기를 들었다. 너무나 다급한 상대방의 음성에 졸음이 싹 달아났다. 전화를 건 사람은 같은 성당, 같은 구역 신자가정의 중학생 딸이었다. "아줌마, 우리 아빠가 너무 아파서 그래요. 빨리 좀 와 주세요." 울면서 애원했다. 나는 그 집 사정을 잘 알고 있다. 그 아이 엄마는 지체장애로 마음대로 걷지 못하고 자유롭게 활동할 수 없다.

전국에 내린 폭설로 인하여 빙판사고 소식이 연이어 보도되는 상황이라 밤길이 몹시 두려웠다. 늦은 시간이라 두려웠지만, 그렇다고 이웃의 고통을 몰라라 할 수 없었다. 외투를 입고 문밖을 나서니 눈보라와 함께 바람이 쌩쌩 불었다. 미끄러운 빙판길을 조심조심 걸어 그 댁에 도착해 보니 응급실에도 갈 수 없는 긴박한 상황이었다.

아이들 아빠는 창백한 얼굴로 배를 움켜쥐고 허리를 바짝 구부린 채 괴로워하고 있었다. 먼저 손과 발을 만져보니 얼음장처럼 차가웠다. 두 손을 마주 비벼 따뜻하게 해준 다음 열 손가락 끝을 사혈했더니 까만 피가 흘렀다. 발가락도 사혈한 후 손발을 만져 보니 온기가 돌기 시작했다.

아이들 아빠가 가슴을 문지르며 고통스러워했다. 보나마나 추운 날씨에 망년회 회식하며 술 마시고 과식한 게 뻔하다. 수건을 따뜻하게 하여 복부에 얹어주고 양손에 수지침을 꽂았다. 중완 상응부에 오복침을 꽂고 5분도 안 되어 괴로워하던 아이들 아빠가 스르르 잠이 들었다.

그제야 아이들 엄마 얼굴에 안도의 빛이 흘렀다. 어린이든 어른이든 잠이 온다는 것은 그만큼 몸이 편해졌다는 증거이리라. 이웃을 위한 사랑이 별건가! 바로 이런 것이 이웃사랑이라 생각한다. 가슴 찡한 순간을 맛보며 밤길도 무서워하지 않는 나에게 수지침요법은 요술방망이 두드리는 착각을 준다.

어려서부터 잔병치레를 했던 내가 수지침요법을 배운 건 잘했다고 생각한다. 어렸을 때 걸핏하면 잘 체하고 배앓이를 했었다. 그럴 때마다 어머니는 '내 손이 약손이다, 내 손이 약손이다' 하며 배를 살살 문질러 주셨다. 어머니의 손바닥에 특효약이 있는 것도 아니련만, 따뜻한 어머니의 손만 닿으면 통증이 사르르 가라앉았다. 그건 자식을 위해 헌신하는 어머니의 사랑이었으리라.

나도 그러한 사랑을 베풀고 싶었다. 울퉁불퉁 못생긴 내 손, 일을 많이 하여 거칠어진 내 손은 남들 앞에 내놓기는 부끄러운 손이다. 그러나 경기난 아기 고쳐주고, 코피 쏟는 할머니 고쳐드리고, 발목 삔 학생 고쳐주고, 배 아픈 사람 낫게 하는 이 손은 정녕 부끄러운 손이 아니리라. 도움이 필요한 사람을 위해 사명감을 갖게 하는 내 손. 이 손이 있었기에 배운 것을 실천할 수 있지 않은가! 참으로 고마운 손이다.

내 손길 덕분으로 '다음날 출근에 지장이 없었노라'는 감사의 전화를 받았다. 뜨거운 희열을 맛보며 대단한 일을 해낸 것처럼 가슴이 설레었다.

내게 주신 소임

임종이란 이승과 저승이 교차하는 순간이라 할 수 있다. 세상을 떠나는 사람이 의식이 있는 순간 가족들은, 그동안 알게 모르게 지은 잘못에 대하여 용서를 구한다. 그러기에 임종은 슬프면서도 가장 아름다운 절차라 할 수 있다. 예로부터 '임종할 사람은 따로 있다'고 했다. 자식을 아무리 많이 두었어도 모두 임종할 사람이 아니라는 뜻이다.

우리 동네에 나와 같은 성당에 다니는 안나 할머니가 계셨다. 영감님 돌아가신 후, 할머니는 작은아들네와 함께 살았다. 할머니가 아들네로 가신 게 아니라 작은아들이 어머니 집으로 들어왔다.

기도 모임에 빠진 적이 없던 할머니가 자주 결석하여 찾아뵈었을 때, 자리에 누워계셨다. 회복이 더디다고 여기던 어느 날 갑자기 할머니 댁에 가고 싶었다. 어인 일인지 마음이 급하고 조바심이 났다. 마치 할머니가 빨리 오라고 부르는 것 같았다.

할머니 댁에 도착했을 때, 할머니는 눈을 감은 채 창백한 얼굴로 누워계셨다. 불길한 예감에 손과 발을 만져보니 얼음장처럼 차가웠다. "할머니, 저 안젤라예요. 눈 좀 떠보세요." 내 음성을 듣고 초점 없이 바라보던 할머니가 내 손을 잡았다. 그리고는 그대로 눈을 감아버렸다. 할머니는 그렇게 내 손을 잡은 채 운명하셨다. 엉겁결에 당한 일이라 겁도 나고 무서워 할머니의 아들을 불러보았으나 찾을 수 없었다.

문갑 위에 할머니의 수첩이 있었다. 수첩에 오 남매 자식들 연락처가 순서대로 적혀 있었다. 급한 김에 작은아들부터 연락했더니 인천공항으로 가는 중이라 했다. 어머니의 운명 소식을 들으면서도 놀라는 기색없이 태평스러웠다. 해외 여행에서 돌아오는 마누라를 마중해야 한다는 이야기를 들으며 한심스러웠지만, 남의 자식 나무랄 수는 없었다.

성당에 연락하고 선종봉사자들이 올 때까지 기도드리며 할머니의 마지막 길을 지켜드렸다. 자식들과 임종도 못 하고 떠나는 할머니를 보며 측은한 생각이 들었다. 미국에서 성공했다는 큰아들을 본 적은 없다. 그러나 평소에 할머니 말씀을 통하여 모자지간의 사이가 소원하다는 걸 알고 있었다. 할머니는 가끔 있는 돈 없는 돈 들여 외국 유학 보냈더니 사돈댁 아들 노릇 한다고 푸념하셨다. 명절이나 생신날 전화 한방이면 그만이라던 큰아들에게 연락했지만, 업무로 참석할 수 없다고 했다.

어쩔 수 없이 상주들이 도착할 때까지 할머니 곁을 지킬 수밖에 없었다. 아무리 생각해 봐도 예삿일이 아니라는 생각이었다. 다른 일정 모두 미루고 오로지 안나 할머니 댁에 가야한다는 일념뿐이었으니 이 일은 분명 하느님께서 내게 맡긴 소임이라 생각되었다.

작은아들 내외가 도착하고 딸들이 도착했어도 우왕좌왕 정신이 없었다. 어차피 시작한 일, 음식장만은 물론 장지까지 수행하며 끝까지 도와드렸다. 중학생에 고등학생까지 있는 상황에 내 가족 챙기기도 바빴지만, 하느님께서 주신 소임을 충실히 이행하기 위해 최선을 다했다.

수고한 보람이 있었다. 장례를 치른 후, 할머니의 작은아들 내외가 완전히 달라졌기 때문이다. 전에는 인사도 하지 않고 거만스러웠는데, 표정과 행동이 확실히 달라졌다. "아주머니 덕분에 어머니 장례를 잘 모셨습니다."며 공손히 인사했다. 인천공항에 간다고 할 땐 '어떻게 그럴 수 있느냐?'고 야단치고 싶었다. 시어머니 병환 중에 해외 여행간 며느리나 임종을 짐작하고도 마누라 마중 나간 아들 녀석 모두 한심스러웠다.

할머니의 사십구제가 되었을 때, 할머니의 작은며느리가 우리 어머니 사십구제에 참석할 수 있느냐고 물었다. 전혀 예상 못한 일이었다. 시어머니의 사십구제를 지낸다는 자체만으로 기특했다.

우리나라 전통 장례에 부모님이 돌아가시면 삼년상을 치르는 법으로 알았다. 그러던 장례문화가 점점 바뀌더니 삼년상을 삼일장으로 끝내고, 삼우제와 사십구제를 아예 생략하는 경우를 보았기에 안나 할머니의 사십구제도 생략할 줄 알았다.

사십구제 미사에 참석하고 충청도 선산에 모신 할머니 산소까지 동행했다. 그리고 며칠 후 성당에서 입교식이 있었는데, 안나 할머니의 아들 부부가 입교식에 참석했다. 입교 권면할 때마다 요리조리 피하던 부부가 스스로 입교했으니 놀라운 일이었다.

6개월 동안 교리공부를 무사히 마치고 영세 받을 때, 대부와 대모를 선정해 주었다. 주일미사는 물론 성당행사에 참여하는 걸 보며 보람을 느낀다. 아들며느리를 신앙의 길로 인도하기 위해 기도하시던 할머니의 소원이 드디어 이루어졌다.

회복된 바다를 보며

구례포에 갔다. 산책로를 거닐며 감회가 새롭다. 2007년 12월 기름유출사고 때 다녀간 후 오랜만에 들른 구례포는 참 아름다웠다. 청정지역을 자랑하던 태안반도에 기름유출사고가 발생했던 일이 엊그제 일처럼 생생하다. 굴 양식장 앞에서 '어떡하면 좋으냐?'고 울부짖던 어민들을 보며 가슴이 아팠었다.

강한 조류를 타고 기름은 순식간에 번져나갔고, 국적을 초월한 자원봉사자들이 구름처럼 몰려들었다. 인간의 힘으로는 해결할 수 없는 재앙으로 알았는데, 매서운 칼바람을 아랑곳하지 않고 제거 작업을 하는 봉사자들을 보며 사랑의 힘이 위대함을 알았다.

미약하나마 동참하고 싶었는데, 주민센터에서 기름제거 작업에 참여할 봉사자들을 모집한다는 소식을 듣고 신청했다. 인원과 차량준비가 되었어도 무작정 출발하는 것은 아니었다. 바닷물이 빠지는 시간과 장소를 태안군청에서 지정해 주기 때문이다.

우리에게 배정된 장소는 구례포 해수욕장이었다. 구례포는 우리 가족이 피서 갔던 곳이다. 바닷물이 잔잔하고 소나무 숲이 우거져 경치가 아름다운 곳이다. 직접 잡은 조개로 미역국을 끓여 먹던 추억에 잠기며 구례포에 도착했을 때, 각 처에서 모여든 봉사자들로 시끌벅적 요란했다.

뽀얗고 깔끔하던 백사장은 검은색으로 변했고, 기름 묻은 쓰레기들이 산더미처럼 쌓여 있었다. 방재본부 앞에 기름 묻은 장화와 고무장갑들이 수북수북 쌓였다. 봉사자들이 일을 마치고 돌아갈 때 버리고 간 물건들이다. 불과 여덟 시간 동안 사용한 장갑과 장화와 방제복을 버린 것이다.

봉사의 종류도 다양했다. 기름 묻은 고무장갑과 장화와 방제복을 걸레질하는 할머니가 계셨다. 바닷가에 내려가 기름제거는 할 수 없지만, 마른자리에서 할 수 있는 일을 하겠다고 자원하셨다고 한다. 어차피 또 기름이 묻을 텐데, 새것을 고집할 필요는 없었다. 추위를 무릅쓰고 손질하는 할머니의 성의에 보답하기 위해 재활용 장갑과 장화를 들고 인솔자를 따라갔다. 등성이 넘어 벼랑 아래 후미진 골짜기에 멈추었다.

우리가 일할 장소는 그 골짜기 아래에 있는 바닷가였다. 아슬

아슬한 낭떠러지를 굵은 밧줄을 타고 조심조심 내려갔다. 방재단에서 파견된 안내자가 첫째도 안전, 둘째도 안전이라고 강조하는 이유를 알 수 있었다. 바닷가에 있는 바위와 돌멩이들이 온통 기름 범벅이 되어 미끈거렸다. 실수하여 발이라도 헛디디면 다칠 위험이 크기 때문이다.

바위마다 까만 기름이 묻어 있었다. 커다란 바위 밑에 걸레를 밀어 넣으면 시커먼 기름덩어리가 줄줄이 묻어나왔다. 완전히 깨끗하게 만들 수는 없겠지만, 고약한 악취를 견디며 열심히 닦았다. 지금까지 사는 동안 생명이 없는 돌덩이를 이처럼 귀하게 여긴 적은 없다.

소라 새끼들이 바윗돌에 붙은 채 죽어 있고, 갈매기마저 사라져버린 바다에는 살아있는 생명체를 찾아볼 수 없었다. 꿈틀거리는 물체가 있기에 반가워 들춰보았더니, 온몸에 기름을 뒤집어쓴 게 한 마리가 안간힘을 쓰고 있었다.

원유가 두둥실 떠다니는 바다를 보면 한숨이 절로 나왔다. 떼죽음 당한 불가사리와 조개들이 바닷가에 널렸다. 철썩,철썩 밀려오는 파도에 기름 덩어리들이 밀려왔다. 공들여 닦아놓은 바위에 다시 기름이 묻을 걸 생각하니 한심스러웠다.

언제쯤이면 이 바다에 다시 생물이 살 수 있을까? 오염된 바다가 회복되려면 적어도 십 년이 걸린다는데. 삶의 터전을 잃어버린 어민들이 그 긴 세월을 기다려야 했다. 그 기다리는 기간을 줄

여드리고 싶어 추위를 견디며 열심히 기름을 닦았다.

슬픔을 나누면 절반으로 줄고, 기쁨을 나누면 두 배로 늘어난다는 진리를 생각하며 닦았는데, 시커멓게 오염되었던 바다가 다시 회복되었다. 혼자 하기엔 벅찬 일이지만, 힘을 합치면 이룰 수 있다는 희망으로 열심히 일한 덕분이라 생각한다.

생명이 넘실거리는 청정지역에서 곱게 물든 석양을 바라보며 행복에 젖어본다.

호칭을 바꿨더니

세상의 모든 만물은 이름이 있다. 특히 만물의 영장인 사람은 이름 없는 사람은 없으리라. 아기가 태어나면 가문의 전통과 항렬에 따라 심사숙고하여 이름을 짓는다. 그럼에도 불구하고 고전이나 사극에 등장하는 이름을 보면 돌쇠, 개똥이, 마당쇠, 언년이 점순이 등 너무 성의 없이 지은 이름이 등장한다.

세상에 듣기 좋고 부르기 좋은 이름도 많으련만, 듣기에 민망한 이름도 많다. 가난한 형편에 그만 낳으라는 뜻으로 마개라는 이름이 있는가하면, 딸만 줄줄이 낳은 집 막내 이름은 딸그만이고, 얼굴에 점이 있는 내 친구 이름은 점숙이다.

50여년 전 우리 아이들 출생했을 때만 하더라도 작명소에서 이름을 지었다. 어느 부모나 마찬가지겠지만, 우리 부부 역시 자식 이름을 짓는데 무척 신경을 썼다. 그러나 지금은 작명소에서 이름 짓는 사람은 별로 없다.

신세대 부모들은 임신하면 태명부터 짓는다. 짱아, 장군이, 강산이, 튼튼이 등 태명을 부르다가 아기가 태어나면 출생년월일, 시와는 상관없이 자기들 마음대로 이름을 짓는다. 봄, 여름, 가을, 겨울, 우주, 하늘, 별님이, 달님이… 요즘 한창 유행하는 이름들이다. 그러나 내 자식이 아무리 귀하다 해도 하늘이라는 이름은 어쩐지 듣기에 거북하다. 예로부터 하늘은 우리 인간이 감히 넘볼 수 없는 신비의 세계이기 때문이다.

사람의 이름만 듣기 좋고 부르기 좋은 이름으로 정하는 시대가 아니다. 이젠 애완동물까지 유행을 따른다. 예전에는 털 색깔에 따라 하얀 개는 흰둥이, 검은 개는 검둥이, 누런 개는 누렁이, 얼룩덜룩 점박이는 바둑이라 불렀다. 이제 그런 멍멍이 이름은 고전에서나 찾을 수 있을 정도로 흔치 않다.

우리 아들네 멍멍이 이름은 바니, 우리 위층 멍멍이 이름은 세실이, 친구네 멍멍이 이름은 해피. 그리고 예전에는 고양이 이름이 따로 없었다. 대부분 야옹이 아니면 나비라고 불렀다. 고양이 이름까지 유행을 탈 줄 몰랐다. 시아, 조니 그 외로 별의별 이름이 다 있다.

공원에서 어떤 아주머니가 '순자야! 순자야!' 부르기에 사람을 부르는 줄 알았다. 잠시 후, 고양이 한 마리가 아주머니 곁으로 살금살금 걸어 나왔다. 아주머니가 귀여워죽겠다는 듯 끌어안고 뽀뽀를 했다.

고양이 이름이 특이해서 물어보았다. "그 고양이 이름이 순자에요?" 했더니 "하도 순하고 예쁜 짓만 해서 순자라고 불러요." 했다. 어린이들이 "순자야! 순자야!" 부르니 눈을 사르르 감고 애교를 부렸다.

주인 말처럼 예쁜 짓 하는 고양이를 보고 있는데, 벤치에 앉았던 할머니께서 "그 고양이 댁에서 기르세요?" 하고 물었다. "길고양이였는데 먹이를 챙겨주다가 정이 들어서 집에 데리고 갔어요." 길고양이 데려다가 기르는 것만 보아도 심성이 고와 보였다. 길고양이를 챙겨 주는 사람은 많지만, 자기 집에까지 데려다 기르는 사람은 드물기 때문이다.

날씨가 온화한 오후 할머니들이 공원에 나오셨다. 그런데 할머니들의 대화 내용이 듣기에 민망했다. 할머니 한 분이 "작대기랑 키다리는 며칠째 안 보이네." 하니 바로 옆에 있는 할머니가 "키다리는 딸네 집에 가고, 작대기는 입원했대요." 작대기는 지팡이를 짚고 다니는 할머니를 뜻하고, 키다리는 키가 큰 할머니를 뜻한다.

우리가 이 아파트로 이사 왔을 때, 주부들의 호칭에 문제가 있었다. 나이가 많든 적든 무조건 몇 호 아줌마로 통했다. 그래서 호칭을 바꾸기로 했다. 시골에서 뜯어 온 쑥으로 쑥버무리를 하고, 나물 반찬으로 점심 준비해놓고 주부들을 초대했다. 내가 먼저 연세 높은 분을 형님이라 부르고, 나보다 젊은 사람을 아우님이라 불렀다. 그날부터 자연스럽게 호칭이 바뀌었다.

지금까지 30년 넘도록 사이좋게 지낼 수 있는 비결은 호칭 덕분이다. 외출에서 돌아와 보니 문고리에 까만 비닐봉투가 걸려있었다. 단감과 함께 메모지가 들어 있었다. '형님, 시골에서 단감이 올라왔어요.' 몇 호라고 밝히지 않아도 누군지 알 수 있다.

그 경험으로 할머니들 호칭도 바꾸고 싶었다. 무슨 일이든 강요하면 부작용이 따른다. 특히 노인들은 간섭하는 걸 제일 싫어한다.

날씨가 쌀쌀한 오후 할머니들을 초대했다. 따끈따끈한 칼국수를 대접한 후, 호칭에 대하여 말씀드렸다. 우아하게 성씨 따라 김 여사, 박 여사, 홍 여사 부르는 게 좋을까요? 고향 따라 택호로 부르는 게 좋을까요? 조심스럽게 상의한 결과 택호로 결정되었다. 부산댁, 서울댁, 충주댁, 강릉댁, 대전댁, 정해드렸더니 모두 좋아하셨다.

호칭이 바뀌면서 키다리와 작대기는 우리들의 뇌리 속에서 점차 희미해졌다.

마지막 인사

황당한 일이다. 일흔셋 나이 되도록 흰머리 하나 없고 혈압과 혈당수치 정상이던 남편이 병원에 입원하게 된 건 독감예방주사 후유증 때문이었다.

독감예방주사를 맞은 다음날 남편은 휴대폰을 찾다 말고 '차에 놓고 왔나?'하면서 주차장에 갔다. 잠시 후 현관문 달그락거리는 소리에 손에 든 물건이 많아서 그런 줄 알고 안에서 문을 열어주었다.

휴대폰을 찾아들고 온 남편이 외출복으로 갈아입었다. "어디 가려고요?" 했더니 "오늘 친구들 만나는 날"이라고 했다. 친구들과 약속한 날은 다음날 토요일이었다.

그때 마침 지방에 내려간 큰아들에게서 안부전화가 왔다. 아들에게 “아버지가 토요일로 착각하시는데, 오늘 금요일이라고 말씀드려.” 부탁했다. 아들과 통화를 마친 남편은 방으로 들어가더니 자리에 누웠다. 잠시 후 작은아들이 “아버지 모시고 K대 부속병원으로 오세요.” 전화했다. 큰아들이 제 동생에게 아버지 검진을 부탁한 것이다.

독감주사 후유증으로 고생하는 사람이 많다는 뉴스를 듣고 불안했다. 남편이 전날 보건소에서 실시하는 독감예방주사를 맞았기 때문이다. 집에서 쉬면 될 거라는 남편을 설득하여 K대 부속병원에 갔다.

MRI촬영을 시작으로 초음파촬영, CT촬영, 뇌파검사, 뇌척수검사 하루 종일 검사를 했다. 오후 8시경 입원실로 올라온 남편이 불 좀 켜 달라고 했다. 입원실에 있는 전등이란 전등은 모두 불이 들어와 있는데, 아무것도 보이지 않는다고 몸부림을 쳤다. 응급차에 실려 온 것도 아니고 의사의 질문에 응답하고 차분하게 검사받던 사람이 갑자기 이럴 수 있을까?

영양제, 이뇨제, 신경안정제 주렁주렁 매달린 링거 줄이 엉켜 주사바늘이 빠지고, 환자복과 시트가 엉망이 되었다. 가슴이 터질 것처럼 답답하다며 몸부림치는 남편을 달래느라 손목이 시큰거렸다. 아기 달래듯 등을 토닥이고 발도 주물러주며 날이 밝기를 기다렸다.

드디어 날이 밝아 해가 중천에 떴는데 “날이 밝으려면 아직 멀

었느냐?"고 했다. 결국 중환자실로 이동되었다. 중환자실 면회는 하루에 두 번, 제한시간은 이십 분 동안이다. 일 주일간 중환자실에 있던 남편이 일반 병실로 올라오고 대화를 나눌 정도로 호전되었다. 검사 결과 이상이 없다며 퇴원해도 된다는 담당의사의 허락을 받았다.

퇴원하라는 말에 기뻐하던 남편이 갑자기 열이 오르기 시작했다. 열이 오르는 것은 염증이 있다는 뜻이라며 다시 중환자실로 이동되었다. 가을철이라 패혈증이 의심된다며 신경과에서 감염내과 소속으로 바뀌었다. 패혈증에 감염되면 신체 외부에 흔적이 있다는데, 검사결과 아무런 흔적을 찾을 수 없었다.

패혈증 연구기관인 인하대학교와 서울대학병원으로 혈액검사를 의뢰하고 온갖 검사를 반복했다. 검사받느라 지친 남편을 보며 내 몸과 마음도 지쳐버렸다. 강도 높은 검사에 면역력이 약해졌다는 주치의의 소견을 들으며 실험대상이 된 느낌이었다.

시일이 지날수록 고통스러워하는 남편을 보며 가슴이 아팠다. 물수건을 갈아주고 마른 입술을 적셔주며 최선을 다했다. 어깨가 결리고 손목이 시큰거렸지만, 내 손으로 간병할 수 있어 다행이라 생각했다. 신경과에서 감염내과로 감염내과에서 혈액내과로 바뀌었다. 너무 힘들어하는 남편을 무어라 위로할 수 없어 "조금만 참으세요." 손과 발을 주물러주며 위로했다. 혈액내과로 옮긴 며칠 후 마음의 준비를 하라는 통보를 받았다.

강도 높은 검사로 면역력이 소진되었다는 것이다. 치료다운 치료 제대로 받아보지 못하고 검사만 받다가 세상을 떠난다는 사실이 안타까울 뿐이었다.

우리 인생 영원할 수 없지만, 이별의 시간이 이렇게 빨리 올 줄 몰랐다. 오십여 년 고락을 함께하며 미운 정 고운 정 다 들었다. 그 많은 추억들이 허무하게 무너질 줄 상상도 못했다.

마음의 준비를 미처 하지 못한 채, 임종시간이 다가왔다. 아들, 손자, 며느리, 형제자매의 인사를 마치고 마지막으로 내 차례가 되었다. "우리 다시 만날 때까지 근심걱정 모두 버리고 편히 쉬세요." 속울음을 삼키며 마지막 인사를 드렸다.

며느리밥풀꽃

시간이 있을 때마다 산에 오른다. 무수골도 가고, 원통사도 들러보고, 우이암으로 올라 도봉산으로 올라가기도 한다. 어느 날 오솔길을 내려오는데 원두막이 보였다. 호기심에 다가가 보니 사과 농사를 하는 과수원이었다.

한창 사과를 수확하느라 분주했다. 빨갛게 익은 사과가 먹음직스러워 군침이 돌았다. 용기를 내어 "사과 좀 살 수 있어요?" 여쭈었더니 주인 할머니께서 맛을 보라며 못난이 사과를 한 개 주셨다. 흠은 있었지만 참 달고 맛이 좋았다. 주인할머니께서 "조금 도와줄 수 있어요?" 하며 의향을 물었다. 그날은 특별히 바쁜 일도 없어 도와드리기로 했다. 상품가치가 있는 것과 없는 것을 고르는 일이었다. 가을 해가 짧아 걱정했는데, 도와주어서 고맙다며 못난이 사과를 봉지 가득 담아주셨다.

그 인연으로 과수원에 자주 들렀나. 추운 겨울이 지나고 봄기운이 스미기 시작하면서부터 과수원은 무척 바빴다. 거름 주고 씨앗 뿌리느라 날마다 분주했다. 일손도 거들 겸 나물 캐러 매일 오르내렸다. 그곳은 쑥, 냉이, 달래, 돌나물, 씀바귀 명아주, 망초대 등 봄나물이 지천이었다. 그보다 더 내 마음을 사로잡은 것은 과수원 전체가 꽃동산으로 바뀐 일이다.

매화를 시작으로 살구꽃과 복숭아꽃이 피기 시작하더니 함박꽃이 피어올랐다. 함박꽃 바로 옆에 처음 보는 야생화가 피었다. 하얀 꽃술이 초롱초롱 매달린 연분홍 꽃잎을 보고 예쁜데 이름이 무얼까? 궁금하여 꽃말 사전을 찾아보니 금낭화라 기록되었다.

꽃구경하던 등산객이 "저 꽃 이름이 뭐예요?" 내게 물었다. 나는 자신 있게 "그 꽃 이름 금낭화에요."라고 했다. 그리고 그 꽃 앞에 〈금낭화〉라 쓴 팻말을 꽂아놓았다.

잠시 후 카메라를 든 아저씨가 올라왔다. 이 아저씨는 우리 동네에 거주하는 사진작가다. 전국 방방곡곡을 돌아다니며 경치 좋은 풍경을 촬영하는 분이다. 금낭화 앞에 있는 팻말을 보더니 "이 꽃의 진짜 이름은 며느리밥풀꽃."이라고 했다. 그리고 며느리밥풀꽃에 대한 전설을 들려주었다.

아주 오랜 옛날에 착한 며느리가 있었는데, 저녁밥을 재촉하는 시어머니 성화에 뜸이 잘 들었는지 확인하려고 밥알 하나를 입에 넣었다고 한다. 그걸 본 시어머니가 버릇없이 어른보다 먼저 먹었다고 몽둥이로 며느리를 때렸다고 한다.

매를 맞고 시름시름 앓던 며느리가 세상을 떠났다. 그의 남편이 죽은 아내를 양지바른 곳에 묻어주었는데, 이듬해 봄 그 자리에 꽃이 피었다고 한다. 휘어질 듯, 휘어질 듯 가느다란 줄기에 하얀 꽃술 매달고 처량하게 피어있는 꽃. 하얀 밥풀을 물고 있는 모습이 처량하다.

요즘도 며느리 구박하는 시어머니가 있을까? 아마 지금은 며느리 구박하는 시어머니는 없을게다. 예전과 달리 며느리 눈치 보느라 하고 싶은 것 마음대로 못하고, 먹고 싶은 것 마음대로 못 먹는 세상이 되었다. 며느리가 해 주는 밥을 먹고 사는 시어머니는 행복한 사람이다. 현대판 고려장 요양원에 누워 하늘에서 부를 때까지 기다리는 노인들이 허다하기 때문이다.

며느리 시집살이는 겪어본 사람이 시킨다고 한다. 구 남매 맏며느리인 나는 시집살이를 겪지 않았다. 우리 시어머니는 며느리들을 구박하지 않았다. 그처럼 나도 내 며느리들을 구박하지 않는다. 고부간의 사랑 역시 상대성이다. 부모가 잘해야 자식들도 순종하게 마련이다.

친구들이 내게 아들네 김치 담가주는 바보라고 놀린다. 시어머니가 김치를 들고 가면 며느리들이 '경비실에 맡기고 가세요.' 한다지만, 그런 이야기는 우리와 상관없는 이야기이다. 우리 며느리들은 내가 김치를 담가주면 '어머니, 너무 맛있어요.' 하며 좋아한다. 그보다 손자손녀들이 보낸 '우리 할머니 최고!' 문자와 사진을 보는 기쁨을 모르는 사람들의 이야기다.

우리 인생 얼마나 산다고 시시콜콜 따지고 간섭할 필요 없다. 예전 시어머니들은 무슨 배짱으로 며느리들을 구박했을까? 오죽하면 시 자(字)들은 거라면 시금치도 먹기 싫다는 이야기가 있을까. 자신도 시어머니이기 이전에 한 가정의 며느리였다는 사실을 망각했기 때문이리라.

밥도둑

내 고향은 해수욕장으로 유명한 충청도 대천이다. 해수욕도 하고 낚시도 즐길 수 있는 청정지역이다. 서해바다 대천에서 많이 잡히는 해산물은 꽃게, 갈치, 주꾸미, 도다리 등 여러 가지가 있다. 이런 활어들은 배를 타고 깊은 물에서 잡을 수 있지만, 굴, 돌게, 낙지, 조개 등 작은 어류는 바닷물이 빠진 갯바닥에서 잡는다.

내가 중학교 다닐 때, 바지락조개가 풍년이었다. 그 소문을 듣고 사람들이 바다로 몰려들었다. 우리 동네에서 바닷가까지 약 5킬로미터가 넘는 먼 거리지만, 날마다 긴 행렬이 이어졌다. 이른 새벽부터 좁다란 해안가 둑길이 남녀노소 조개잡이 인파로 진풍경을 이루었다.

우리 어머니도 예전에는 바다에 다녔었다. 내가 제일 좋아하는 굴젓과 게장 모두 어머니가 잡아다 담근 것이다. 입맛 없을 때, 게장하고 굴젓만 있으면 밥 한 그릇 뚝딱 먹을 수 있는 밥도둑이다. 바다에 다니는 어머니 덕분에 언제나 밥상이 푸짐했는데, 이제 어머니는 바다에 다닐 수가 없다. 서울에 있는 대학병원에서 대수술을 받았기 때문이다.

여름방학 때였다. 친구들과 바지락을 잡으러 가기로 약속했기에 어머니께 말씀드렸더니 "그럴 시간 있으면 공부나 하라."며 반대했다. 마음은 온통 바닷가에 있는데, 공부할 기분이 아니었다. 방문을 잠그고 꼼짝 안했더니 '물 조심' 하라며 허락하셨다. 어머니가 물 조심을 강조하는 이유는, 바닷물이 들어올 때 조개잡이에 정신이 팔려 사고 당하는 걸 목격했기 때문이다.

바닷가의 열기는 대단했다. 누구 한 사람 한가한 사람은 없었다. 모두모두 다 바빴다. 바쁘게 움직이는 모습만 보아도 생동감이 넘쳤다. 마치 삶의 현장을 보는 느낌이었다. 바지락 잡는 일은 그리 힘들지 않았다. 모랫바닥을 호미로 살살 긁기만 해도 바지락이 무더기로 나왔다. 역시 풍년은 풍년이었다. 욕심을 부리지 않았어도 금세 바구니를 가득 채웠다.

조개는 많이 잡았는데, 집에 갖고 갈 일이 걱정이었다. 내 체력으로 감당할 수 없을 만큼 무거웠기 때문이다. 친구들이 고생하지 말고 바다에 덜어놓고 가라 했지만, 어머니께 보여드리고 싶어 그럴 수 없었다. 들고 갈 수는 없어도 이고 갈 수는 있다. 궁리 끝에 수건으로 똬리를 만들어 머리에 이고 앞장섰다. 친구들과 앞서거니 뒤서거니 걷다 보니 어느새 우리 동네가 보이고 우리 집이 가까워졌다.

마중 오시길 기대했는데, 어머니는 보이지 않았다. 섭섭한 마음을 가누며 마당에 들어서는데, 어머니는 재봉틀 돌리며 바느질하고 계셨다. 어머니에게 '이것 좀 내려주세요' 하려했는데, 머리 밑이 너무 아파 그 말을 할 수 없었다. 어쩔 수 없이 쿵 소리를 내며 바구니를 마루에 내려놓았다.

어머니가 돌아보시며 "이렇게 무거운 걸 어떻게 갖고 왔어?" 미안한 표정으로 물어보셨다. 조개 바구니도 들어보시고 "우리 딸 다 컸네! 조개도 잡을 줄 알고." 하며 좋아하셨다. 어깨도 욱신욱신, 손목은 시큰시큰, 다리는 천근만근 무거웠지만 기뻐하는 어머니를 보며 피로를 잊었다.

조개를 씻고 칼을 꺼내오고 바빠졌다. 싱싱한 조개를 많이 잡아왔어도 관리를 못하면 소용이 없다. 상하기 전에 빨리 손질해야 한다. 조개 손질은 생각처럼 쉽지 않았다.

일일이 손으로 하는 수작업이기 때문이다. 잘못 건드리면 껍데기가 바스러지고 조갯살이 뭉그러진다. 입술이 짧은 쪽으로 칼을 넣어 재빨리 도려내야 한다. 그래야 조갯살이 옹실옹실 싱싱하다.

싱싱한 조갯살로 음식을 만들어야 제맛이 난다. 굴젓만 밥도둑이 아니다. 약 일 주일 정도 곰삭은 조개젓에 매운 고추 다져 넣고 매콤새콤 양념하면 굴젓 버금가는 밥도둑이다.

어머니가 조개젓 담그는 동안, 나는 아버지가 좋아하시는 된장찌개를 끓였다. 풋고추 숭덩숭덩 썰어 넣고 얼큰하게 끓였다. 조갯살 듬뿍 넣은 된장찌개 맛있게 드시며 "밥도둑이 따로 없네!" 하시던 아버지 모습이 눈에 선하다. 고향 생각 날 때마다 그려보는 추억 속의 풍경이다.

배꼽이 더 커서야

친구로부터 기쁜 소식이 날아왔다. 자기 남편이 낚시대회에서 대상을 받았다는 소식이다. 그 다음 날엔 부상으로 받은 냉장고가 도착하기도 전에 냉장고 가격보다 더 큰 지출을 했다는 푸념이 날아왔다. 그 이유를 묻지 않아도 짐작할 수 있다. 나도 그런 경험을 했기 때문이다.

서울시 자랑스러운 시민상을 받았을 때, 부상으로 상금 100만 원과 사랑의 나무 증정권을 받았다. 세종문화회관에서 시상식을 마치고 귀가했을 때, 축하객들이 집으로 찾아왔다. 축하객들을 고기 전문점으로 모시고 가서 식사를 대접했다.

다음 날, 아파트 정문에 대형 현수막이 걸렸다. 아파트 관리실에서 축하하는 뜻으로 걸어놓은 것이다. 그때부터 나를 보는 사람마다 한턱 내라고 했다. 도저히 그대로 넘어갈 상황이 아니었다. 기분 좋은 일이니 기분 좋게 한턱 내기로 했다. 가격이 비싼 소갈비 대신 돼지갈비찜을 하고, 잡채와 도토리묵을 만들었다. 부녀회원들의 도움으로 빈대떡을 부치고 고기국도 끓였다. 그렇게 집에서 음식을 장만하여 동네잔치를 치렀다.

서울신문과 평화신문에 시상식 장면과 수상자들 명단이 실렸다. 취재하러 온 방송국 차량이 아파트 마당에 주차되어 소문은 더욱더 확산되었다. 자랑스러운 일이지만 난감한 일도 있었다. 그런 행사를 이용하는 단체들 때문이다.

본인의 의향은 묻지도 않고, 장애인단체에서 보낸 목판이 도착했다. 목판대금은 지로용지로 보내라고 했다. 정기구독권을 강요하는 출판사도 있었다. 한 번도 들어본 적 없는 출판사를 어떻게 믿을 수 있나? 알 수 없는 묘령 단체에서 후원금을 요구하는가 하면, 커다랗게 확대한 단체사진을 보내고 대금을 요구하는 사진작가도 있었다.

솔직히 내가 한 일은 자랑스러운 일이 아니다. 국가의 위상을 높이는데 기여한 것도 아니고, 사업부도로 곤경에 처했을 때 절약했을 뿐이다. 헌옷 고쳐 입고, 남이 버리는 물건을 재활용했다. 벌레 났다고 버리는 쌀로 밥을 해먹고, 묵은 고춧가루를 얻어다가 고추장을 담갔다. 벌레 난 쌀은 응달에 널어놓으면 저절로 벌레가 기어나간다. 그리고 냉동실에 있던 고춧가루 묵혔어도 상관

없었다. 맛도 색깔도 멀쩡한 걸 버리는 것은 낭비라고 생각한다.

그동안 안일하게 지낸 자신을 자책하며 최대한 절약했다. 그 덕분에 위기를 극복하고 다시 안정된 생활을 하게 되었다. 감사하는 마음으로 나를 필요로 하는 이들을 위해 봉사한다. 독거노인들을 위해 밑반찬 봉사를 하고, 사랑의 집 고쳐주기와 소년소녀 가장 돕기 바자회에 참여한다.

우리나라 사람들 대부분 누가 상을 탔다는 소식만 들으면 한턱내라고 한다. 한턱을 내지 않으면 짠돌이라 비웃는다. 친구 남편 역시 짠돌이 소리 듣지 않으려고 무리한 게 분명하다. 내가 받은 상금 100만 원은 동네 잔치를 하고, 지인들을 대접하고, 회원들 회식하느라 한푼도 남지 않았다.

도봉구 주최 여성제언대회에서 최우수상을 받았을 때도 그랬고, 대통령기 독서감상문대회 최우수상을 받았을 때도 수령 금액보다 지출 금액이 더 많았다. 세월이 흐르고 흘러 잊을 때도 되었건만, 버릇처럼 아직도 한턱 내라고 한다.

소년소녀가장 돕기 바자회를 준비하느라 도봉구 부녀회원들이 창동역 광장에 모였을 때 일이다. 회원들이 나를 보자마자 이구동성으로 '한턱내라'고 했다. 기분에 살고 기분에 죽는다지만, 분위기를 맞출 만큼 주머니사정이 여의치 못했다. '한턱 내랄 때가 좋은 때라'며 부추기는 바람에 결국 식당으로 안내했다.

주머니 사정을 감안하여 냉면 한 그릇씩 대접할 계획이었다.

그런데 회원들은 내 의향을 묻지 않고 뚝배기 불고기에 맥주까지 추가했다. 걱정스러웠지만, 내색 못하고 총무에게 조용히 돈 좀 꾸어 달라고 문자메시지를 보냈다. 무사히 계산을 마쳤지만 기분은 씁쓸했다.

영화나 드라마를 통하여 외국의 경우를 보면 우리의 경우와 달랐다. 축하할 일이 있으면 만년필이나 장미 한 송이를 들고 갔다. 모임에 참석할 때도 직접 구운 빵이나 과자를 들고 가는 모습이 보기 좋았다. 초대한 집에서 모든 걸 준비하는 우리네 경우와 대조적이었다.

그동안 아이들 반장 되었다고, 대학교 합격했다고, 직장 승진했다고 이런저런 이유로 한턱을 냈었다. 낚시대회에서 대상을 받고 상금보다 더 많은 돈을 지출한 친구네처럼 부담스러운 한턱 문화 언제쯤 바뀔 수 있을까.

사람은 책을 만들고 책은 사람을 만든다

서울 강북구 수유역 앞에 교보 생명 건물이 있다. 그 건물 입구에 〈사람은 책을 만들고, 책은 사람을 만든다〉는 글귀가 적혀있다. 이 글을 처음 읽었을 때 큰 감명을 받았다.

나는 그 곳을 지날 때마다 그 문구를 읽어보는 버릇이 생겼다. 이렇게 감명 깊은 격언을 만든 사람은 누구일까? 궁금했는데 고(故) 대산(大山) 신용호 교보생명 창립자라는 걸 알게 되었다.

1981년 임직원들의 반대를 무릅쓰고 교보생명 지하에 교보문고를 개설하면서, 책을 통해 지식과 인격이 함양된다는 창립자의 독서철학을 함축시킨 격언이라는 것을….

우리 인간은 책을 통하여 지혜를 배우고 마음의 양식을 쌓는 것임을 새삼 깨닫게 되었다. 그동안 바쁘다는 핑계로 책을 멀리

했는데, 이제라도 내 부족한 지식에 마음의 양식을 채우고 싶었다. 우리 동네 방학3동에 학마을 도서관이 생겼다. 도봉구 시설관리공단에서 관리하는 학마을 도서관에 회원 등록을 했다. 등록비는 단돈 천 원이었다. 회원카드 하나만 있으면 남녀노소 누구나 평생 무료로 이용할 수 있다.

회원 등록하던 날의 에피소드가 떠오른다. 담당 직원이 내게 "본인이 직접 와야 하는데요." 했다. 그래서 "직접 왔잖아요." 했더니 "그럼 할머니가 가입하시려고요?" 했다. "왜 할머니는 안 되나요?" 반문했더니 "그런 뜻이 아니라 손자 대신 오신 줄 알았어요." 했다. 구부정한 허리에 머리까지 허연 노인이 무슨 책을 읽겠나? 하겠지만, 남의 이목은 두렵지 않았다. 허송세월한 지난날이 후회되었다.

내 꿈은 좋은 책을 많이 읽어 지식을 채우는 일이다. 제일 먼저 5층에 있는 도서실로 올라갔다. 도서실에는 많은 서적들이 분야별로 진열되어 있었다. 조용한 분위기에서 독서에 전념하고 있는 학생들이 부러웠다. 50대 중년이 되어버린 우리 두 아들 학교 다닐 땐 이런 시설이 없었다.

그때 이런 시설이 있었더라면 좋았을 텐데…. 가장 아쉬웠던 것은 시험기간에 조용히 공부할 공간이 없었다. 사설 독서실이야 곳곳에 많았지만, 만만치 않은 비용 때문에 이용할 수 없었다. 시험기간에 시골에서 부모님들이 오실 경우, 텔레비전 볼륨을 크게

틀어도 내색할 수 없었다. 시대를 잘 만나 혜택을 누리는 이 시대의 학생들이 부러웠다.

나 역시 시대를 잘 만나 혜택을 누리는 생각을 하니 감사하다. 읽고 싶은 책 마음대로 읽고, 그곳에서 진행하는 문학 강의도 들을 수 있다. 젊은이들과 강의를 들을 수 있다는 자체만으로 행복하다. 내 꿈은 점점 늘어나 구민회관에서 진행하는 문학 프로그램에 참여했다. 정보를 들으면 꼭 참석했다.

오른쪽 귀로 들으면 왼쪽 귀로 새어나가는 나이가 되었지만, 콩나물시루에 비유하기로 했다. 콩나물시루는 물을 주는 즉시 흘러버린다. 물이 모두 흘러내려도 콩나물은 무럭무럭 자란다. 그처럼 깜빡깜빡 잊을 때도 있지만, 노력한 만큼 한 가지라도 기억 속에 남게 마련이다. 물을 자주 주어야 하는 콩나물처럼 책을 많이 읽고, 강의도 자주 들어야한다.

대통령기 독서 감상문대회 정보를 듣고 공모전에 참여했다. 지정된 책을 읽고 지정된 분량만큼 요약해야 한다. 책을 구하는 일이 급선무였다. 학마을 도서관에서 무료로 빌릴 수 있지만, 그때 그 책은 없었다. 담당 직원이 인터넷으로 도봉구 내에 있는 문고마다 검색한 결과 모두 빌려 간 상태였다. 그만큼 독서 열풍이 대단한 걸 알았다. 아쉬워하는 내게 직원이 종로에 문고들이 많은데, 그 곳에서 구하는 길이 빠르겠다고 알려 주었다.

엄동설한에 길도 미끄럽고 포기할까 하다가, 포기는 금물이라

다짐하며 종로행 버스에 올랐다. 동대문을 지날 즈음 휴대폰이 울렸다. 전화한 사람은 학마을 도서관 직원이었다. 그 책을 구해 놓았으니 빨리 오라고 했다. 단숨에 달려와 책을 받았다. 바로 서진규의『나는 희망의 증거가 되고 싶다』라는 책이다.

여자라는 이유로 차별대우를 받았던 우리나라 여성이 이역만리 타국 땅에서 온갖 고초를 겪으며 훌륭한 군인으로, 학자로, 어머니로 성공한 감동적인 성공담이었다. 독후감을 제출하고 한 달이 넘도록 소식이 없었다. 가슴을 졸이며 기다리던 내게 기쁜 소식이 날아왔다. 입선만 되어도 감사한 일인데, 서울시 최우수상이라고 했다.

부족한 내 글이 최우수상으로 선정된 것은 책을 많이 읽은 결과다. 그보다 〈사람은 책을 만들고, 책은 사람을 만든다〉라는 격언 덕분이다.

친구들이 치매예방에 화투가 제일이라지만, 나는 독서가 제일이라 생각한다. 시력과 기억력이 점점 나빠져도 좋은 책을 읽으며 부족한 지식을 채우면서 글 쓰는 재미로 살아가련다.

2부

그대가 그리울 때

새엄마와 새엄마

요즘 아동학대 사건이 자주 보도되고 있다. 며칠 전에는 네 살배기 전처소생을 구박하고 먹을 것을 주지 않아 죽음에 이른 사건이 있었다. 그 사건이 채 마무리되기도 전에 아동학대 사건이 또 발생되었다.

이번에는 열한 살 소녀를 화장실에 가두고 먹을 것을 주지 않은 일이다. 새엄마가 외출한 사이 화장실 창문으로 도망한 소녀가 도착한 곳은 동네 마트였다.

추운 겨울 맨발에 반바지 차림으로 과자봉지를 들고 있는 모습이 텔레비전 영상으로 방영되었다. 얼마나 배가 고팠으면 주인의 허락도 없이 과자를 집었을까? 제대로 걷지 못할 지경으로 바짝 마른 소녀를 보며 미나가 떠오른다.

미나는 우리 위층에 살던 아이다. 몇 년 전 이사 왔을 때는 참 단란해 보였다. 어느 날 미나 엄마가 출산하러 간 동안 미나 좀 부탁드린다며 열쇠를 맡겼다. 미나가 학교에서 돌아오면 현관문을 열어주는 일이었다. 사립초등학교 1학년 미나는 스쿨버스를 타고 학교에 다녔다.

학교에서 돌아온 미나에게 현관문을 열어주고 돌아서는데 미나가 "할머니, 이것 좀 내려주세요." 했다. 벽에 높이 걸려있는 옷걸이를 내려주었더니 교복을 반듯하게 걸어놓고, 서랍장에서 바지와 티셔츠를 꺼내 입었다.

대부분 어린이 방은 의자와 침대 위에 잠옷이나 평상복이 아무렇게 걸쳐있고 과자봉지와 장난감이 널브러져 있는데, 미나 방은 어린이 방이라고 할 수 없을 만큼 정리 정돈이 완벽했다. 마치 군대 내무반을 보는 느낌이었다.

얼마 후 미나 엄마가 신생아를 안고 돌아왔다. 출산 전에는 상냥했는데, 출산 후부터 아주 예민했다. 전과 달리 하루도 조용한 날이 없었다.

아기 우는 소리보다 미나 엄마 악쓰는 소리가 유난히 크게 들렸다. 더 괴로운 것은 매 맞는 소리였다. 걸핏하면 미나가 "잘못했어요, 잘못했어요." 울며 애원했다. 무슨 잘못을 했기에 저렇게 매일 맞을까? 다른 아이들은 놀이터에서 그네 타고 미끄럼 타며 신나게 노는데, 미나는 놀이터에서 노는 걸 본 적이 없다.

어느 날 미나 아빠가 마당에서 세차를 하고 있었다. 학교에서 돌아오던 미나가 “아빠! 아빠!” 부르며 아빠를 향해 뛰어갔다. 그때 “빨리 올라오지 못해!” 위층 베란다에서 날카로운 고함이 들렸다. 어깨를 늘어뜨리고 울상이 되어 올라가는 딸을 멀거니 바라보고 있는 미나 아빠가 바보 같아 보였다. 마누라가 무섭기로 제 딸 하나 건사하지 못하는 바보 못난이!

그날 저녁 비상계단 쪽에서 흐느끼는 소리가 들렸다. 어두컴컴한 계단에 미나가 팬티만 걸친 알몸으로 오들오들 떨고 있었다. 계절은 춘삼월이지만 밤바람은 몹시 차가웠다.

내 겉옷을 벗어 주며 “나랑 집에 가자.” 했더니 “새엄마한테 맞아요.” 하며 슬피 울었다. ‘아~ 그랬었구나.’ 내 짐작이 맞았네! 그동안 눈에 거스를 때가 여러 번 있었지만, 내색할 수 없었다.

자기도 자식을 키우면서 어떻게 이럴 수 있을까? 순간, 아동학대를 고발하고 싶었다. 그러나 심사숙고하여 포기하고 말았다. 그 아이를 끝까지 보호할 자신이 없었다. 끝까지 보호할 자신이 없으면 섣불리 나서지 말아야하기 때문에 고발할 수 없었다

미나를 데리고 미나네 초인종을 눌렀다. 아무 기척이 없었다. 용기를 내어 다시 눌렀다. 현관문이 스르르 열리고 미나 엄마 손에 빗자루가 들렸다. 나를 보자 빗자루를 내려놓으며 “안녕하세요?” 인사했다. “날씨가 너무 춥네요.” 나는 그 말 밖에 아무 말도 할 수 없었다. 오로지 미나가 무사히 들어갈 수 있기를 바랄 뿐이

었다. 다행히 미나가 집으로 들어갔지만 '또 쫓겨내면 어쩌나! 또 때리면 어쩌나!' 걱정하며 잠을 설쳤다.

다음날 혈당검사일이라 동네 병원에 갔는데, 대기실에 미나가 있었다. 얼굴에 시퍼런 멍이 들고 손등과 팔에 빨간 약을 발랐다. 작은 손바닥으로 상처를 가리며 "엄마가 때린 거 아니에요, 제가 목욕탕에서 넘어졌어요."라며 묻지도 않은 말을 했다.

아이 혼자 병원에 보내며 입단속을 단단히 시킨 모양이다. 마음대로 울지 못하고 얼마나 아팠을까? 겉으로 보이는 상처는 치료할 수 있지만, 보이지 않는 마음의 상처는 치유하기 어려운데, 얼마 후 미나네가 이사를 갔다. 미나 아빠 직장 때문이라고 했다.

내 친구 길희도 새엄마 품에서 자랐다. 엄마가 돌아가시어 새엄마를 맞았다. 길희와 두 살 터울 동생이 있는데, 길희 새엄마는 아이들을 구박하지 않았다. 오히려 '우리 강아지! 우리 강아지' 하며 사랑했다. 솜씨 좋은 새엄마 덕분에 길희 자매는 항상 예쁜 옷 입고 구김살 없이 자랐다. 우리들이 놀러 가면 귀찮은 내색 없이 고구마 삶아주고, 부침개를 부쳐주던 고마운 분이다.

새엄마가 낳은 남매들과 우애 있게 지내는 길희네, 이 모두 차별 없이 키운 새엄마 덕분이라 생각한다. 연로하신 새엄마에게 '우리 엄마! 우리 엄마!' 하며 효도하는 모습이 참 보기 좋다.

새엄마라고 모두 나쁜 사람만 있는 건 아니다. 세상에는 희생하는 훌륭한 새엄마들이 많이 계시다.

세상의 새엄마들이여!

'길희 새엄마처럼 자녀를 사랑으로 양육한다면 그대들의 노후가 행복하리라'는 간절한 마음을 담아 전하고 싶다.

생일이 별건가요?

오늘은 우리 손녀 생일이다. 계절의 여왕이라 부르는 오월, 장미향기 그윽한 오월에 태어난 손녀는 지금 중학교 2학년이다. 이제 나는 결혼한 아들 생일이든 며느리 생일이든 신경 쓰지 않는다. 손자와 손녀 생일에 축하문자와 약간의 용돈을 송금하고, 아들과 며느리 생일은 아예 관여하지 않는다.

그렇게 결심한 동기는 이웃에 사는 친구를 보고부터다. 그 친구는 결혼한 아들 생일 때마다 아들네 집에 갔다. 서울 도봉구에서 경기도 일산까지 먼 거리를 다녀왔다. 음식을 바리바리 싸가는 것도 아니고, 빈손으로 하루 전날 미리 갔다. 무엇 하러 가느냐고 물으니 며느리가 미역국을 끓여주는지 확인하러 간다고 했다. 그 이야기를 듣고 "참, 걱정도 팔자다. 별 걱정 다 하네." 하며 도리질했다.

지난번 아들 생일에 다녀온 친구의 안색이 심상치 않았다. 사연인즉 아들네 갔더니 집이 비어있더라고 했다. 혹시나 하고 사돈댁에 전화했더니 감기약 먹고 방금 잠들었다는 사돈댁의 이야기를 듣고 곧장 돌아왔다고 했다.

미역국을 집에서 끓여주든, 반찬가게에서 사다주든 무슨 상관이냐고. 자기들끼리 여행을 가거나 외식을 하거나 신경 쓰지 말라고 했다. 얼마나 부담스러웠으면 친정으로 피신했을까?

생일이 대단한 날은 아니다. 우리들 자랄 때만 하더라도 부모님들은 귀빠진 날이라며 생일을 꼭꼭 챙겨주셨다. 아무리 어려운 형편이라도 반드시 미역국 끓이고 수수팥단자를 해주었다. 어머니께서 해주신 것처럼 나도 우리 두 아들 생일에 그렇게 해주었다.

우리 큰아들 생일은 음력 사월 초아흐레 즉 사월초파일 다음날이고, 작은아들 생일은 음력 오월오일 단오날이다. 동숭동 한옥에 살 때 돌절구가 있었다. 두 아들 생일이면 언제나 아들 친구들과 이웃을 초대했는데, 그날의 하이라이트는 쑥인절미였다. 돌절구에 찧은 인절미는 기계로 만든 인절미보다 더 쫄깃하고 씹히는 맛이 일품이었다.

기억하기 좋은 생일 때문에 생긴 에피소드가 있다. 큰아들 생일날 집수리하는 중이라 집수리 끝난 다음에 친구들을 초대할 예정이었다.

요즘은 인부들이 식사를 각자 해결하지만, 그땐 새참과 식사 모두 주인이 부담했다. 인부들 점심 준비하느라 분주할 때, 반가운 손님들이 도착했다. 예전에 살던 동네 이웃들이다.

산후 조리할 때와 백일잔치, 돌잔치 도와주신 고마운 분들이다. "오늘 인절미 먹는 날인 줄 알고 왔는데, 저 돌절구는 왜 저렇게 징징 울고 있을까?" 하며 돌절구부터 문안했다. "점심식사 맛있게 하시고 인절미는 나중에 드십시다." 안으로 모시어 시골에서 올라온 나물 반찬과 간장게장으로 점심 대접하고, 인절미는 며칠 후 양력 생일에 만들었다.

그렇듯 아이들 결혼 전까지 꼬박꼬박 생일을 챙겼지만, 결혼 후부터 상관하지 않는다. 두 아들네 아이들 모두 성장했기 때문이다. 가족끼리 오붓하게 지내도록 배려하는 마음에서 절대로 관여하지 않는다. 먹을 것이 풍부하지 못한 시절에는 생일날만이라도 잘 먹으라는 뜻으로 생일상을 차려주었지만, 먹을 것이 풍부한 이 시대에 생일상 차릴 필요가 없다.

생일축하 중에 가장 기억에 남는 것은 친정아버지 생신이었다. 시골 부잣집 막둥이로 자란 아버지는 생일을 대단하게 여기셨다. 친구들은 물론 친척과 동네어른 모시어 푸짐하게 대접해야 직성이 풀리는 분이었다.

문고리를 만지면 쩍쩍 들어붙는 엄동설한에 일일이 불을 때서 음식 장만하던 생각을 하면 내 자식들에게 그런 부담은 주고 싶지 않았다. 우리부부 생일도 섣달그믐 추운 겨울이기 때문이다.

우리부부 회갑과 칠순에 아들과 며느리가 "여행 보내드릴까요? 잔치 해드릴까요?" 의향을 물을 때 "집수리를 하겠다."고 했다. 생일잔치 대신 집수리를 하게 된 것은 지인의 모친 팔순잔치를 보고 결심했다. 요즘 칠순이나 팔순잔치에 축의금을 받으면 흉을 본다. 부모님의 장수를 축하하며 잔치를 베풀어야 효자 칭송을 듣는다.

그럼에도 구 남매 모친 팔순잔치에 그 댁 자손들은 한복을 곱게 차려입고 축의금을 딱딱 받았다. 어떤 잔치든 하객들과 인사를 나눌 정도는 되어야 하건만, 그 잔치의 주인공은 눈꺼풀이 완전히 감겨있는 상태로 보료에 누워있었다.

피로연장에서는 가수의 이마에 시퍼런 지폐를 척척 부쳐주며 춤추고 노래하느라 정신이 없었다. 마치 어머니를 모셔놓고, 장사하는 형상이었다. 팔순잔치를 치른 며칠 후, 부고장이 날아왔다. 어머님이 소천하셨다는 슬픈 소식이었다.

그 날 이후 나는 생일축하를 하지 않기로 했다. 작년에는 수능시험 보는 손자가 있어 '제발 조용히 보내자' 했고, 금년에는 '코로나 종식되면 그때 잘 먹자'고 했다.

생일이 별건가! 마음이 편하면 그것이 행복이라 생각한다.

그대가 그리울 때

강원도 인제에 있는 박인환 문학관에 갔다. 문학관 입구에 실물처럼 커다랗게 확대한 시인의 사진이 우리를 맞이했다. 명동의 백작이라 불릴 만큼 멋쟁이였다는 설명이 무색치 않을 정도로 훤칠한 키와 수려한 용모가 눈길을 사로잡았다.

담배 연기가 모락모락 피어오를 것 같은 동상 앞에서 기념사진을 찍고 문학관을 돌아보았다. 모더니스트 시인들이 자주 모였다는 봉선화다방과 동방살롱에 들러 그때 그 시절을 상상해 보았다. 2층에는 박인환 시인의 유품과 작품이 전시되었고, 버지니아 울프도, 목마와 숙녀도, 세월이 가면도 가지런히 진열되었다.

그 곁에는 지역 백일장에서 입선한 초등학생들의 작품이 진열되었다. 수상 작품 거의 다 '세월이 가면'인 걸 보면 어린이들도 박인환 시인의 시를 좋아한다는 걸 알 수 있었다.

박인환 시인이 그 시를 쓰게 된 동기 또한 흥미로웠다. 명동에 '은성'이라는 선술집이 있었다고 한다. 그 선술집 주인은 탈런트로 활동 중인 최불암의 모친이었다. 언제나 함께 드나들던 시인들이 외상값을 갚지 않고 계속 술을 요구하여 외상값을 채근했다고 한다. 그때 박인환 시인이 탁자 위에 펜과 종이를 꺼내 즉석에서 술술 써내려간 작품이 바로 '세월이 가면'이라고 한다. 정말 부럽다. 어쩌면 그렇게 아름다운 시상이 거침없이 떠올랐을까?

그처럼 주옥 같은 작품을 발표하여 많은 이들의 심금을 울린 시인이 31세의 젊은 나이에 삶을 마감했다는 사실이 아쉬울 뿐이다. 세상을 떠나게 된 사연 또한 특이하다. 절친했던 시인 이상의 기일을 맞아 그를 추억하며 마신 술 때문이라고 한다.

친구를 잃은 슬픔이 죽음에 이를 지경으로 대단했을까? 도저히 이해할 수 없다. 마지막 가는 길에 문우들이 술 조니워커와 담배 카멜을 무덤에 묻어줄 정도로 술과 담배를 즐겼다는 박인환 시인. '인생은 짧고 예술은 길다'는 격언처럼 짧은 생애지만, 주옥 같은 시는 영원히 남았다.

감미로운 음악이 은은하게 흘러나왔다. 가수 박인희가 부르는 '세월이 가면' 음반이었다. 나는 그 노래를 좋아한다. 외로움이 엄습하고 흘러간 시절이 그리울 때 조용히 따라 부른다.

지금 그 사람 이름은 잊었지만,

그의 눈동자 입술은 내 가슴에 있어

바람이 불고 비가 올 때도

나는 저 유리창 밖 가로등 그늘의

밤을 잊지 못하네

음악을 들으며 55년 전 맞선 보던 날이 떠오른다. 우리 부부는 충남 대천 같은 고향이지만, 본 적도 없고 만난 적이 없던 사이였다. 처음 만남이건만, 오래전에 만났던 사이처럼 조금도 어색하지 않았다. 상견례를 하며 양가 어른들이 매우 좋아하셨다.

어른들이 좋아하시니 우리도 덩달아 좋았다. 전생에 인연이었는지 혼담은 쉽게 이루어졌고, 약혼식 날짜와 결혼식 날짜까지 일사천리로 진행되었다.

그날 우리는 대천 해수욕장에 갔다. 파도가 철썩이는 바닷가를 거닐며 이런저런 이야기를 나누었다. 앞으로의 미래를 설계하며 마냥 꿈에 부풀어 있었다. 그 해 추석에 약혼식을 치르고 함박눈이 펑펑 쏟아지는 12월에 결혼식을 올렸다. 혼인하는 날 함박눈이 내리면 복을 받는다는 덕담처럼 우리는 행복했었다.

주말이면 영화구경을 하고, 아이들 데리고 가족여행을 떠났다. 만리포로, 몽산포로, 경포대로, 하조대로 여행을 하며 낭만을 즐겼다.

말수 적고 내성적인 남편은 다정다감하고 가정에 충실했다. 동생들 결혼하고 두 아들 결혼하고 난 후 남편이 내게 "숙제를 모두 마쳤으니 이제 여행이나 다닙시다." 말했었다. 그 말처럼 남편과 노후를 즐길 줄 알았다. 감기 한번 앓지 않고 건강하던 남편이 독감예방주사 후유증으로 하늘나라로 떠났다.

남편이 떠난 후 삶의 의미를 잃었다.

함께 사는 동안 투정도 하고, 아옹다옹 다툰 적도 많았다.

사랑싸움은 구름 속에 숨었는지 행복했던 기억만 새록새록 떠오른다. 얼마나 많은 세월이 흘러야 그대를 잊을 수 있을까? 그립고 보고 싶다.

소방훈련 덕분

주말 오후였다. 〈603호 주인을 찾습니다. 603호에 화재가 발생했습니다〉 아파트 관리실에서 알리는 안내방송이었다. 603호는 나와 잘 아는 사이였다. 방송을 듣는 즉시 올라가 복도에 있는 가스배관 밸브를 잠갔다.

문틈 사이로 검은 연기와 고약한 냄새가 새어나왔지만, 현관문이 잠겨있어 들어갈 수 없었다. '도대체 이 여자가 어딜 간 거야?' 여기저기 갈만한 곳을 수소문하고 있을 때, 사이렌 소리가 요란하게 울렸다. 소방차들이 아파트 마당으로 줄지어 들어왔다. 소방관들이 고가사다리를 타고 베란다로 들어가서 현관문을 열어젖혔다.

매캐한 연기와 함께 악취가 풍겨 나왔다. 가스레인지에 올라있는 스테인리스 냄비가 숯덩이가 되었다. 가스 불에 사골 곰국을 얹어놓고 외출한 것이 분명하다. 다행히 곰국만 탔을 뿐 다른 피해는 없었다.

소방관들이 가스배관을 점검하며 "이렇게 밸브가 잠겨있는데 어떻게 불이 났을까?" 하며 고개를 갸웃거렸다. "조금 전에 제가 잠갔어요." 했더니 "아주머니가 그걸 어떻게 알고 잠그셨어요?" 물었다.

도봉소방서에서 관내 직능단체장들을 대상으로 소방교육을 실시했었다. 나도 그때 소방교육에 참여했었다. 소화기 작동법을 배우고, 대피 훈련을 연습하고 화재를 예방하는 홍보영화도 보았다. 외출하기 전에 중간밸브를 잠갔는지, 냄비 바닥에 인화물질은 없는지, 사용한 헤어드라이기기를 빼놓았는지 확인하는 교육이었다.

화재소식을 들을 때마다 안타까운 적이 한두 번이 아니다. 한 사람의 부주의로 인하여 이웃까지 피해를 주는 무서운 재앙이기 때문이다. 그렇듯 화재는 개인의 피해로 끝나는 게 아니다.

지난겨울, 우리 집에도 화재가 발생했었다. 나는 항상 새벽 네 시면 어김없이 기상하여 하루 일과를 시작한다. 그날은 저소득층 김장 봉사를 하는 날이라 평소보다 일찍 일어났다. 전기밥솥에 밥을 안쳐놓고 집안을 정리하는데, 무언가 타는 냄새가 나기 시작했다. '무슨 냄새지? 전기밥솥도 밥이 타나?' 하며 밥솥을 열어

보려는데, 보일러실에서 타다닥 타다닥 소리가 들렸다.

보일러실 문을 열어보니 불길이 활활 타오르고 있었다. 재빨리 복도로 달려가 도시가스 밸브를 차단하는 동시에 "불이야! 불이야!" 외쳤다. 자고 있던 두 아들이 뛰어나오고 옆집 아저씨가 맨발로 소화기를 들고 뛰어왔다. 옆집 아저씨가 소화기 핀을 열었지만, 불길에 적중하지 못했다.

내가 우리 집 소화기로 불길을 향해 쏘았다. 불길은 멈추었지만 순식간에 우리 집은 엉망이었다. 옆집 아저씨가 소화기작동을 잘못한 탓으로 시커먼 그을음 덩어리가 붙었고, 소화기에서 뿜어 나온 핑크빛 분말가루가 여기저기 흩어졌다. 최루탄가스처럼 매캐하여 목이 아프고 눈이 따가웠다. 불길에 놀란 탓인지 소화기 가루 때문인지 목이 따끔따끔하더니 말을 하기 어려울 정도로 완전히 쉬어 버렸다.

김장 봉사하러 간 동안 화재가 발생했다면 우리 아이들은 어떻게 되었을까? 생각만 해도 끔찍하다. 보일러에서 온수가 새어 전날 오후 보일러 대리점에서 출장 왔었다. 요리조리 들여다보던 직원이 부품을 교체해야 한다고 했다. 부품 교체 후 온수는 멈추었는데 보일러 소리가 요란했다. 그래서 "왜 이렇게 소리가 요란해요?" 했더니 "차차 괜찮을 겁니다." 하며 돌아갔다. 보일러에서 화재가 발생했다는 것은 보일러수리에 문제가 있다는 뜻이다.

본사로 전화했더니 AS센터로 연락해라, AS센터에서는 본사로 연락하라. 서로 책임을 회피했다. 홧김에 매스컴에 고발하겠다고 했더니 삼십분도 안 되어 본사 직원은 물론 AS센터 직원까지 총출동했다. 검사결과 부품을 완전히 조이지 않은 원인이 발견되었다. 조금씩 누출된 가스가 타이머 작동과 동시에 발화되었다는 결론이었다.

그 경험으로 603호 가스밸브를 신속히 차단할 수 있었다. 여러 대의 소방차들이 출동했지만, 진화작업 없이 되돌아갔다. "아주머니가 큰일을 하셨습니다." 소방관들의 칭찬에 "소방교육 덕분이지요."라며 쑥스럽게 대답했다.

소방교육을 받지 않았더라면 발만 동동 굴렀으리라.

사라지는 물건들

시간을 알아보기 위해 휴대폰을 열어본다. 참 편리한 세상이다. 약 십여 년 전만 하더라도 외출할 땐 언제나 손목시계를 차고 다녔다. 어디를 가든 누구를 만나든 약속 시간을 지키기 위해서다.

내가 자랄 땐 시계가 귀했다. 그땐 부잣집에만 괘종시계가 있을 정도로 흔치 않았다. 출발과 도착 시간이 지정된 기차나 버스를 타려면 시계 있는 집에 가서 시간을 알아보았다는 이야기는 이제 전설 속으로 사라져버렸다. 땡~땡~땡~ 시간을 알려 주던 괘종시계도 박물관에 가야 볼 수 있을 정도다.

아버지가 읍장이었던 친구네 대청 괘종시계는 부(富)의 상징이었으며 부러움의 대상이었다. 우리 마루에 걸려 있던 벽시계와 대조적이었다. 그래도 태엽을 감아주던 생각을 떠올리며 추억에 젖어 본다.

내가 중학교 다닐 때, 그땐 손목시계를 차고 다니는 학생들이 그리 많지 않았다. 방학 때 아버지 따라 서울에 갔을 때 사촌언니가 "서울 구경 기념으로 선물하고 싶은데, 무얼 해줄까?" 하고 물었다. 손목시계를 갖고 싶다고 했더니, 예쁜 손목시계를 사주었다. 그때부터 학교에 갈 때나 친구를 만나러 갈 땐 꼭 시계를 차고 나갔다. 시간을 보기보다는 멋을 부리고 싶어서였다.

잘 때도 머리맡에 놓고 잘 정도로 귀중하게 여기는 손목시계를 친구가 빌려달라고 했다. 요리사 자격시험 보러 가는데 꼭 필요하다고 했다. 난감했다. 부모님 아시면 '물건 귀한 줄 모르고 함부로 내돌린다.'고 나무랄 게 뻔하다. 고민하다가 부모님 몰래 빌려주었다. 시계만 빌려준 게 아니라 스카프와 가방까지 빌려주었다. 스카프와 가방은 그리 중요하지 않았다. 손목시계가 탈 없이 돌아오기를 바랄 뿐이었다.

그러나 그 기대는 산산이 부서져버렸다. 친구가 내 손목시계를 잃어버렸다고 했다. 그 말을 듣는 순간 하늘이 무너지는 느낌이었다. 남의 물건을 어떻게 간수했기에 잃어버렸는지 알다가도 모를 일이다. 세면대에 풀어놓고 깜빡 했다는 이야기를 도저히 이해할 수 없었다.

하복 입을 시기는 다가오는데, 어머니 아실까 봐 조마조마했다. 벙어리 냉가슴 앓듯 고민하다가 아버지에게 말씀드리기로 했다. 해결하실 분은 아버지밖에 없었다.

학교에서 돌아오는 길에 아버지가 운영하는 신문지국 사무실에 갔다. 근심스런 표정으로 앉아있는 나를 보고 아버지가 "무슨 얘기 하려고 그렇게 뜸을 들이는 거여?" 하기에 어쩔 수 없이 자초지종을 말씀드렸다. 화를 내실 줄 알았는데 "어서 따라와!" 하며 앞장서셨다. 아버지를 따라간 곳은 아버지의 친구 분이 운영하는 시계 전문점이었다. 그곳에는 손목시계로부터 괘종시계에 이르기까지 다양한 종류의 시계들이 진열되어 있었다.

언니가 사준 시계와 똑같은 걸로 사고 싶었지만, 아무리 둘러보아도 똑같은 시계는 없었다. 어쩔 수 없이 크기와 모양이 비슷한 것으로 골랐다. 집으로 돌아오는 길에 아버지께서 "그 친구한테 시계 사내라고 하지 마라. 알았지?" 하고 당부하셨다. 할머니와 단둘이 사는 친구네 사정을 잘 아시기 때문이리라. 다행히 어머니는 내 손목시계가 바뀐 줄을 모르셨다. 아버지 덕분에 시계 걱정은 조용히 해결되었다.

세월이 흐르고 흘러 지금은 손목시계의 필요성을 느끼지 않는다. 공공건물은 물론 대형건물 대부분 시계탑이 설치되었기 때문이다. 버스정류장에도 시간을 알려주는 시스템이 있고, 버스에도 전자시계가 부착되었다.

요즘에는 휴대폰 없는 사람이 없다. 유치원생으로부터 노인에 이르기까지 거의 다 휴대폰을 들고 다닌다. 휴대폰 하나만 있으면 버스가 몇 시에 도착하는지 현재 어디쯤 오고 있는지 알 수 있다. 참으로 편리한 세상이다.

손목시계를 잃어버리고 애태우던 생각을 하면 웃음이 절로 나온다. 오늘날처럼 손목시계를 갖지 않아도 시간을 알 수 있는 시대가 올 줄 알았더라면 하늘이 무너지는 심정은 느끼지 않았을 텐데….

수호천사

천우신조란 하늘과 신령의 도움으로 행운이나 복을 받거나 우연히 도움을 받는 경우를 뜻한다. 그렇듯 나는 오늘 많은 분들의 도움을 받았다.

며칠 전 농촌 살리기 운동본부에서 소식이 날아왔다. 농촌체험수기가 당선되었다는 기쁜 소식이었다. 최우수상 작품으로 선정되었으니 시상식에 꼭 참석하라고 했다.

시상식장은 서울 서초구청 광장이었다. 시상식에 참석해야 하는데 무얼 타고 가나 걱정이었다. 혼자라면 전철을 타든 버스를 타든 걱정할 필요 없는데, 시골에서 오신 친정어머니 때문이다. 구십 연세에 허리가 굽은 어머니는 오래 서 계시거나 오래 걷지를 못한다. 편안히 집에 계시기를 바랐는데, 굳이 시상식장에 가시겠다고 했다.

전철은 계단을 오르내려야하기에 불가능하다. 택시를 타려면 도봉구에서 서초구까지 비용이 만만치 않다. 그래도 어머니와 동행하려면 택시를 타는 수밖에 없다.

택시를 타기로 결정하고 집을 나섰는데, 그날따라 빈 택시가 눈에 띄지 않았다. 택시를 기다리는데 어머니께서 "버스 타고 가면 안 되는 곳이냐?"고 물으셨다. "버스를 타면 중간에 갈아타야 해요" 했더니 어머니가 "마음 편하게 버스를 타고 가자"고 하셨다.

그때 마침 버스가 도착하여 버스를 탔다. 운전사 아저씨는 우리 모녀가 안전하게 앉은 걸 확인한 다음 출발했다. 우이동에서 하차할 때 역시 안전하게 내릴 수 있도록 기다려주었다. 서초구로 가는 버스로 환승했을 때도 "천천히 올라오세요." 기사님이 친절하게 기다려 주셨다. 가끔 "빨리빨리 타세요! 자리에 앉으세요!" 고함 지르는 운전사들을 보았는데, 오늘 만난 운전사들은 모두 친절했다.

서초구청 행사장에 도착했을 때, 경쾌한 음악 소리가 울려퍼졌다. 시상식과 함께 추수감사절 행사가 진행되었는데, 전국에서 올라온 농민들과 수상자 가족들로 북적였다.

1부 행사인 시상식이 끝나고 점심시간이 되었다. 수상자들에게 배부한 식권으로 점심식사를 마친 다음 어머니께 "일찌감치 집에 가는 게 좋겠어요." 했더니 우리 어머니 하시는 말씀 "기왕 나온 김에 구경도 하고 놀다 가자." 하며 유기농산물 판매장으로 앞장서셨다.

지방에서 올라온 농산물과 축산물 그리고 건어물들이 진열되었다. 농산물 코너에서 마른 고추를 보고 있는 내게 어머니께서 한우 코너를 가리키며 "소고기가 좋아보인다."고 하셨다. 거액은 아니었지만, 부상으로 받은 상금으로 충분했다. 가족들과 식사할 요량으로 불고기감을 샀는데, 무겁기도 하고 고기가 상할까 봐 빨리 집에 가고 싶었다.

퇴근시간과 겹치면 복잡하기 때문이다. 노래자랑이 끝나기 전에 일어나실 어머니가 아니기 때문이다. 걱정스러운 내 심중과 달리 어머니는 2부 행사장으로 올라가시더니 마음에 드는 자리를 잡고 앉으셨다.

풍악놀이에 이어 팔도 노래자랑이 시작되었다. 박수를 치며 즐거워하는 어머니 곁에 앉아 있는데 "안젤라씨 아녜요? 어떻게 여기까지 오셨어요?" 반갑게 인사하는 분이 있었다. 같은 동네에 사는 교우 데레사 자매님이었다.

그 교우는 집에서 중계방송을 보고 있다가 아들네 식구들과 유기농산물을 사러 왔다고 했다. 그러면서 "여기 올 적에 무얼 타고 왔어요?" 하고 물으셨다. 솔직하게 "버스 타고 왔어요." 했더니 "돌아갈 땐 우리 차를 타고 갑시다." 하며 아들 내외를 인사시켰다.

어머니를 모시고 돌아갈 일이 내심 걱정스러웠는데 교우를 만나 어머니를 편히 모실 수 있어 얼마나 다행한 일인가? 오늘 하루를 순조롭게 이끌어주신 수호천사님 덕분이리라.

시작도 중요하지만

방학동 둘레길 초입에 고물을 팔아 생계를 유지하는 할머니가 계신다. 허리 굽고 등 굽은 백발노인이다. 영감님 계실 땐 리어카로 실어 날랐는데, 할아버지 돌아가신 후부터 낡은 유모차로 실어 나른다. 고층아파트와 5층 빌라 사이에 할머니의 고물을 모아두는 장소가 있다. 그 곳을 사용하게 된 것은 빌라 주민들의 배려로 이루어졌다.

할머니의 딱한 사정을 알고 허락해 준 공간이다. 지저분한 고물을 쌓아두면 미관상 보기 싫고 집값이 떨어진다고 반대하는 사람들도 있었다. 그러나 할머니를 돕자는 의견으로 허락되었다.

추울 땐 따끈한 차를 대접하고, 더울 땐 시원한 물을 대접하는 참 고마운 분들이다. 그곳을 지나는 등산객들도 신문이나 빈 병을 모아 드리고, 고철과 대형폐지를 갖다 드린다.

그 빌라에 사는 아저씨 한 분은 직장에서 퇴근하면 언제나 할머니를 도와드린다. 무거운 것 들어드리고 모아온 폐지를 깔끔하게 정리해준다. 그 모습이 아름다워 동참하게 되었다. 내가 할머니를 도와드린 지 벌써 십 년 세월이 흘렀다.

처음에는 남의 이목이 두려웠었다. 길가에 버려진 폐지나 고물 줍는 걸 보고 가련한 눈으로 바라보는 사람들이 있었다. 고물 주워 생계를 유지하는 사람으로 오해받기 십상이다. 그러나 지금은 그런 오해 받지 않는다. 좋은 일 한다고 격려하며 나를 도와주었다. 옷장이나 책장을 정리할 때, 연락해주고 운반까지 해준다. 남을 위해 일한다는 건 생각처럼 쉽지 않다. 힘에 겨운 적이 많지만, 보람을 느낀다.

며칠 전에는 너무너무 힘들었다. 설 명절이라 친구들과 저녁식사를 하고 집에 도착했을 때, 전화벨이 울렸다. 전화를 한 사람은 할머니를 도와드리는 음식점 주차관리 아저씨였다. 폐지가 많이 쌓여 곤란하다며 할머니께 연락 좀 해달라고 했다.

늦은 시간이었지만, 할머니 댁에 전화를 했다. 집에서 빈둥빈둥 놀고먹는 아들 이야기를 들었기 때문이다. 할머니는 가끔 '놀고먹는 주제에 반찬 타박까지 한다.'고 푸념했었다.

백발 노모는 이 골목 저 골목 돌아다니며 고물을 줍는데, 혈기왕성한 아들 녀석은 놀고 먹는다니 한심스러웠다.

그래도 이럴 땐 아들을 보낼 줄 알았다. 그런데 할머니는 "아유~ 미안해서 어쩌나~ 미안해서." 그 말만 반복하셨다. 며칠 동안 허리 아파서 꼼짝 못했다는 말씀만 계속하는데, 어쩌면 좋은가! 그 상황이면 날도 춥고 어두운데 그냥 두라고 할 줄 알았다.

순간, 갈등이 일었다. 멀쩡한 자식도 돕지 않는데, 나더러 어떡하란 말인가? 밖을 내다보니 바람이 쌩쌩 불었다. 바람 부는 밤중에 나가고 싶지 않았다. 아들 녀석을 시키든지 말든지, 나도 모르겠다. 방에 들어가 누워버렸다. 어찌하면 좋은가! 불을 끄고 누웠어도 잠이 오지 않았다.

어쩔 수 없이 모자와 장갑을 챙겨들고 할머니의 유모차 보관하는 곳으로 갔다. 널빤지를 대어 개조한 낡은 유모차를 끌고 음식점 주차장에 가보니 종이상자와 식용유통이 산더미처럼 쌓여있었다.

이 많은 걸 어떻게 나르지? 뒤죽박죽 엉망인 종이상자를 손으로 일일이 펴서 쌓아 올리고 주차관리 아저씨의 도움으로 고무로프로 단단히 묶었다. 편편한 바닥에서는 굴러가더니 커브길로 돌아서는 순간 와르르 무너졌다. 바퀴가 고장 난 걸 모르고 짐을 실은 탓이다.

바닥에 널브러진 폐지를 주우며 '내가 왜 이 고생을 해야 하나?' 빈둥빈둥 놀고먹는 할머니 아들 버릇 좀 고쳐주고 싶었다. 할머니에게 유모차가 고장 나서 그러니 빨리 아들편에 유모차 좀 보내라고 전화했다. 할머니가 “방에서 들은 척도 안 하는데 어쩌나.” 그 말만 계속하셨다.

그 말을 듣는 순간, 머리가 빙빙 도는 것 같았다. 도저히 나 혼자 감당할 수 없었기 때문이다. 그 음식점 바로 곁에 성당이 있다. 성모상 앞에 앉아서 하염없이 성모님을 바라보았다. ‘어떡하면 좋아요.’ 하소연하려 했는데, 달빛에 비친 성모님의 자애로운 미소에 힘을 얻었다. 시작도 중요하지만, 마무리가 더 중요하다는 걸 비로소 깨달았다. 어차피 시작한 일 아름답게 마무리하기로 했다.

시장 다닐 때 사용하는 손수레를 갖고 가서 그 많은 물건을 모두 날랐다. 밤바람은 차가웠지만, 이마와 등줄기에 땀이 흘렀다. 무슨 일이든 마음먹기에 달렸다. 마무리할 수 있도록 용기를 주신 성모님 감사합니다.

아름다운 우리 한복

한복은 아름답고 우아하며 맵시 있는 옷이다. 어느 나라 의복이 이보다 더 아름다우랴. 길게 늘어뜨린 옷고름과 초승달 같은 곡선의 배래와 도련의 아름다움. 그리고 넓은 치마폭 아래 사뿐사뿐 거닐 때, 보일락말락하는 흰 버선과 고무신의 코가 매력적이다. 특히 여름철의 깨끼옷은 더욱 우아하고 화려하다. 아른아른 하늘하늘 물결치는 것처럼 보이는 모습은 매혹적이고 절묘한 멋이 풍긴다.

세월이 흐르면서 아름다운 한복이 점점 외면당하는 느낌이다. 그 원인은 너무 거추장스럽고 비활동적이기 때문이다. 또한 손질이 어려운 까닭이리라. 약 십여 년 전만 하더라도 회갑잔치나 칠순잔치에 꼭 한복을 입고 갔었다. 특히 결혼식에 참석하려면 한복을 입는 것이 예의고 상식이었는데, 요즘에는 직계가족 이외에는 한복을 입으려하지 않는다.

나는 한복에 대한 애착이 유난히 많았다. 텔레비전 영상으로 한복을 맵시있게 차려입고 나온 사람을 보면 마음이 포근해지고 그 멋에 심취되었다.

한국인의 예복이던 전통한복이 80년대 후반부터 개량한복이 등장하면서부터 전통한복의 품격을 완전히 깎아놓았다. 개량한복은 어디까지나 활동하기 편하게 고쳐놓은 개량복이라 생각한다. 개량복에 한복이라는 말을 붙이지 않았으면 좋겠다.

우리 한복의 매력은 흰 동정에 있다. 깃의 넓이에 비해 3분의 1 정도의 넓이로 깃 선에 달아 깃을 좌우로 여미고 고름을 매었을 때, 동정이 꼭 맞아야 저고리의 맵시가 나는 법이다. 그리고 치마는 치마허리가 저고리 밑으로 쏙 들어가게 입어야 저고리와 치마가 어울려 조화를 이루며, 아름다운 한복 한 벌이 되는 것이다.

서양 풍속이 들어오면서부터 치마저고리의 색깔이 같은 색으로 바뀌었다. 한복은 치마저고리의 색깔이 서로 달라야 더 아름답다. 넓은 치마폭에 흰 버선과 고무신이 어울린다. 요즘 젊은이들이 멋으로 높은 구두를 신은 걸 보면 한복의 아름다움이 사라져버린 느낌이다.

그리고 한복을 입을 때 주의할 것은 머리를 풀어헤치지 말아야한다. 예전에는 부모님이 돌아가셨을 때에 머리를 풀었다고 한다. 그러나 요즘은 긴머리가 유행되어 아가씨가 아니어도 젊은 여성 대부분 머리를 풀어헤친다. 전통을 모르는 젊은이들이 유행 따라 머리를 풀어헤치는데, 한복을 입을 때는 머리를 단정하게 묶어야 예쁘다. 그래야 한복의 아름다움이 더욱 돋보인다.

지금 대학생인 우리 손자들 초등학생 시절만 하더라도 명절에는 꼭 한복을 입었다. 예전에는 허리띠를 매고 발목 부분에 대님을 맸는데, 지금 남자들 한복도 많이 변했다. 허리띠와 대님 대신 고무줄로 처리하여 입고 벗기 편하게 만들었다.

내 어릴 적엔 명절 돌아오기를 손꼽아 기다렸다. 설날과 추석이면 새로 한복을 해주시고, 새신을 사 주신 어머니의 사랑을 새삼 느낀다.

초등학생인 두 손녀도 명절날이면 꼭 한복을 입는다. 두 아이 모두 한복을 좋아하고, 한복을 입으면 참 예쁘다. 나날이 자라는 어린이들이라 소매와 치마 기장이 점점 짧아진다. 그럴 때마다 나는 손녀들과 약속했다. 한복이 작아지면 새로 사주기로.

딸을 낳으면 예쁜 한복 입혀보고 싶었는데, 딸을 낳아보지 못한 섭섭함을 손녀들을 보며 달랜다. 한복에 어울리는 머리띠도 사주고 댕기도 사주었다. 손녀들도 한복을 좋아하고 한복 입은 모습이 아름답다.

지난번 고궁으로 나들이 갔을 때, 외국인들이 한복을 입고 기념사진을 찍는 모습을 보았다. 평소에는 활동하기 불편하여 곤란

하지만, 명절날만이라도 아름다운 우리 한복을 즐겨 입었으면 좋겠다. 〈세상에 한복처럼 아름다운 의상은 없다〉는 기사를 읽으며, 한복을 입고 싶어 명절을 기다렸던 유년시절을 추억한다.

무질서한 옷차림

전철 안은 통로마저 가득 찰 정도로 만원이었다. 충무로 역에 도착했을 때, 내리는 사람들이 많아 빈자리가 생겼다. 자연스럽게 자리에 앉아 건너편에 앉아있는 사람들을 바라보았다. 신문을 보는 사람, 책을 읽는 사람, 눈을 감고 있는 사람 각양각색이다.

사람마다 얼굴 모양도 다르고 피부색도 다르다. 피부가 뽀얀 사람이 있는가하면 지나치게 검은 사람이 있으며 입고 있는 복장도 가지각색이다. 정장을 단정하게 입은 사람이 있고, 넉넉해 보이는 청바지에 남방셔츠를 입은 사람도 있다. 바지에 티셔츠만 입은 사람이 있고 점퍼를 걸친 사람도 있다. 그렇게 남성들의 복장은 비슷비슷하다.

그러나 여성들의 복장은 참으로 다양했다. 길이가 긴 치마를 입은 사람이 있는가하면, 무릎만 살짝 가릴 만큼 짧은 스커트를 입은 사람도 있다.

연세가 지긋한 여성일수록 치마 기장이 길고, 젊은 여성일수록 치마 기장이 짧았다. 그런데 바로 건너편에 서 있는 이십대 초반의 아가씨가 입고 있는 복장은 도저히 외출할 때 입기엔 곤란한 차림이었다. '세상에! 세상에! 저런 옷을 입고 어떻게 외출했을까?' 집에서 잠잘 때나 입었으면 좋을 것 같은 그런 옷이었다.

원피스라고 해야 옳을까? 속치마라고 해야 옳을까? 등판은 완전히 노출되었고 유방이 보일 듯 말 듯 가느다란 끈달이에 팬티까지 훤히 비치는 매미 껍질처럼 얇은 옷감이었다. 보자기라도 있으면 가려주고 싶은 심정이었다.

바라보기조차 민망해 시선을 돌리고 있는 동안 다음 역에서 승객이 여럿 올라탔다. 출입구 쪽에 고등학생 정도의 여학생들이 서너 명 몰려들더니 대중을 의식하지 않은 채 깔깔거리며 시끌벅적 떠들었다. 소란스러워 힐끔 쳐다보았더니 그들이 입고 있는 복장은 더 엉망이었다. 청바지의 무릎이며 엉덩이에 구멍이 숭숭 뚫려 맨살이 허옇게 드러났다.

더운 날씨에 털실로 짠 니트 모자를 쓰고 목까지 올라 온 폴라티를 입었다. 넓은 바지 길이는 길바닥을 쓸고 다닐 정도로 길었다. 반면에 손으로 한 뼘 될까? 말까? 할 정도로 짧은 바지를 입은 여학생은 배꼽이 완전히 드러난 짧은 셔츠를 입었다.

가리지 않아도 될 목과 머리는 가리고, 가려야 할 배꼽은 왜 개방하는지 모르겠다. 날씬한 사람들은 애교로 볼 수 있다. 유행도 신체조건이 따라야 한다. 옛 선조들이 이런 모습을 보시면 무어라 할까? '아니 도대체 이게 무슨 꼴이냐!'고 호통을 치실 것 같다.

세상 참 많이 변했다. 우리들 처녀시절에도 브래지어를 사용했다. 그러나 우리보다 더 나이든 선배 언니들은 유방을 튼튼한 광목으로 바짝 조이고 다녔다고 한다. 그땐 저렇게 등판을 드러내놓고 다니는 시대가 올 줄 상상도 못했으리라.

삽삽하게 푸새한 모시 적삼을 입고 외출하던 어머니 모습이 떠오른다. 아무리 더워도 참고 견디던 시대는 전설 속으로 묻히고, 남의 시선 아랑곳없이 제멋대로 입는 시대가 되었다. 아무리 자유로운 시대라지만 자신의 신체를 보호할 정도는 되어야 하지 않을까?

여성들의 지나친 노출은 남성들의 시선을 자극하게 마련이다. 자신들의 잘못은 생각지 않고, 성희롱이니 어쩌니 남성들만 나무랄 수는 없다. 여성의 아름다움은 단정한 옷차림에 있다고 권하고 싶다.

아버지의 여자

베를린에서 열린 국제영화제에서 배우 김민희가 여우주연상을 받았다는 뉴스를 보았다. 베를린 영화제는 프랑스의 칸 영화제와 이탈리아의 베네치아 영화제와 더불어 세계 3대 영화제라고 한다.

수상 인터뷰에서 김민희는 "이처럼 아름다운 영화를 만들어준 홍상수 감독을 존경하고 사랑한다."고 했다. 우리나라 배우가 국제영화제에서 여우주연상을 받은 건 축하할 일이다. 그러나 홍상수 감독과 배우 김민희의 불륜을 다룬 실화이기에 세간의 입방아에 오르내렸다. 꽃다운 나이에 스물두 살 연상의 유부남을 사랑한다고 당당하게 공개했기 때문이다.

그보다 자기 딸 또래의 애송이와 불장난에 빠진 홍상수 감독을 더 비난했다. 가장 큰 화젯거리는 김민희의 태도였다. 홍상수 부인이 김민희를 찾아가 "남편을 그만 가정으로 보내 달라."고 애원했다고 한다. 그때 김민희가 홍감독 부인에게 "남편 단속 제대로 못한 주제에 무슨 소리냐?"며 큰소리쳤다고 한다. 본처 앞에 무릎 꿇고 빌어도 시원찮은 판에 남편 단속 제대로 못 했다고 충고까지 하다니 당돌하기 짝이 없다.

그 이야기를 들으며 우리 아버지 바람피우던 생각이 떠오른다. 아버지는 항상 양복 정장을 입고 다니는 멋쟁이였다. 호탕한 성격에 기분파 아버지를 친척들과 동네 사람들이 모두 좋아했다.

시골 어른들이 해결하기 어려운 관청용무라든지 애로사항을 척척 해결해주었기 때문이리라. 지방자치제 선거에 당선된 후부터 아버지의 인기는 대단했다. 집안일보다 바깥일에 치중하는 아버지 때문에 어머니의 불만은 이만저만이 아니었다.

초등학생 때 가을이었다. 짝꿍이 감을 따는 날이라며 자기 집에 같이 가자고 했다. 나는 과일 중에 감을 제일 좋아한다. 감을 먹고 싶은 마음에 그를 따라갔다.

우리 집엔 감나무가 한 그루도 없는데, 친구네는 감나무가 여러 그루 있었다. 친구 아버지가 감을 따고 우리들은 집안으로 날랐다. 집안에 친구의 고모가 있었다. 초면인데도 말랑말랑한 홍시를 골라주며 매우 친절했다.

홍시를 실컷 먹고 돌아올 때, 바구니에 홍시를 가득 담아주었다. 어머니도 홍시를 좋아하셨다. 기뻐하실 어머니를 생각하며 대문을 들어서는데, 어머니가 "웬 홍시냐?"고 물으셨다.

친구의 이름을 대며 그 애 고모가 준 거라고 했다. 그 말이 끝나기도 전에 어머니가 바구니를 시궁창에 던져버렸다. 그리고 회초리로 내 종아리를 마구 때렸다. 저녁도 굶고 쫓겨나 대문 밖에서 아버지를 기다리다 지쳐버렸다.

어머니가 왜 그렇게 화를 냈는지 이유를 몰랐다. 춥고 배가 고파 이웃에 사는 이모네 집에 갔다. 자초지종을 들은 이모가 "네가 맞을 짓을 했구나! 하필이면 그 집에서 홍시까지 얻어왔으니 쯧쯧, 쯧쯧." 하며 머리를 가로저었다.

그 애 고모가 아버지의 애인이라는 걸 그제야 알게 되었다. 그동안 아버지가 이상하긴 했었다. 넥타이를 날마다 바꾸어가며 멋을 부리고 귀가 시간이 점점 늦어졌다. 아버지 눈에 콩깍지가 씌었어도 유분수지 어떻게 그런 여자를 좋아할까? 어머니보다 예쁘다면 그럴 수도 있겠다. 하지만 그 애 고모는 어머니보다 잘생긴 데라고는 한 군데도 없었다.

어느 날, 큰댁에 계신 할머니가 우리 집에 오셨다. 아들 삼 형제를 둔 할머니는 무조건 아들 편만 드는 분이다. 우리 큰아버지는 소실과 딴살림 차린 지 오래되었다. 동네 사람들이 '얻어 들인 첩만, 한 트럭이 넘는다.'고 할 정도로 큰아버지는 소문난 바람둥이였다. 사촌오빠와 사촌언니는 명절날이나 할아버지 제삿날에

야 아버지 얼굴을 볼 수 있었다.

그러한 환경을 당연하게 여기는 할머니는 남편의 외도를 하소연하는 어머니를 꾸짖었다. "네 동서 보아라. 서방이 딴살림 차렸어도 군말 한 마디 하더냐? 세상에 열 계집 마다하는 사내는 없단다."며 호통을 치셨다.

맵디매운 고추바람 쌩쌩 날리며 하신 말씀이 아직도 기억에 남았다. "바람이 잦아들 때까지 기다려야 하는 법이여." 그땐 무슨 뜻인지 몰랐다. 세월이 흘러 어머니 나이 되어서야 그 뜻을 알 수 있었다.

할머니 말씀처럼 아버지의 바람기는 저절로 가라앉았다. 언제 그랬냐는 듯 가정에 충실했다. 어떻게 그렇게 되었는지 아직까지도 모른다. 조강지처 버린 남자 잘 되는 걸 보지 못했다. 십중팔구 노후가 불행했다.

우리 큰아버지 역시 늙고 병들어 조강지처 수발 받다가 돌아가셨다. 경제력 있고 몸 성할 때 돌아오셨더라면 좋았으련만, 빈털터리 병든 남편 수발드신 큰어머니가 존경스럽다.

그보다 큰아버지의 소실이 세상을 떠나자 아버지의 산소 옆에 나란히 모셔놓고, 제사 지내드리는 사촌오빠의 효성에 감탄한다.

토종 야생화

도봉구민회관에서 식목일 기념으로 우리나라 토종 야생화를 나누어주는 행사가 있었다. 참가자 한 사람당 두 그루씩 배당 되었는데, 공평성을 유지하기 위해 주최 측에서 나누어주는 대로 무조건 받도록 했다.

생김새가 예쁘고 싱싱한 화초를 받은 사람은 '와! 신난다.' 하며 기뻐했지만, 비실비실 연약한 화초를 받은 사람은 '에이 왜 이렇게 못생겼지!' 노골적으로 불만을 터트렸다.

내가 받은 화초 역시 아주 가늘고 볼품이 없었지만, 불평할 수 없었다. 돈을 주고 산 것도 아니고 공짜로 얻은 건데, 불평할 이유가 없었다. 화초를 얻기는 했는데, 한 번도 본 적 없는 화초였다. '이 화초 이름이 무얼까?' 갸웃거리는 내 모습을 보고 곁에 있던 젊은 여성이 "할미꽃도 모르세요?" 핀잔하듯 말했다. 그녀를 돌아보며 "할미꽃은 많이 보았는데~" 요리조리 훑어보았다.

생김새는 영락없이 할미꽃 같은데 어딘가 달라보였다. 화초 이름을 제대로 알고 싶었다. 묘판 맨 앞줄에 화초 이름을 적은 표지판이 세워져 있었다. 족두리를 닮아서 족두리꽃이라 부른다는 설명도 적혀 있었다.

우리나라에서 자생하는 식물 이름도 제대로 모르고 있으니 어쩌나! 식물 종류와 화초 이름을 제법 알고 있다고 자부했는데, 족두리꽃이라는 화초는 본 적이 없다.

우리 동네에 나지막한 동산이 있다. 철따라 꽃이 피고 지는 아름다운 동산이다. 추위가 물러가기도 전에 산수유꽃이 봄 소식을 전해준다. 노란 산수유꽃이 질 무렵이면 진달래꽃이 피고, 진달래꽃이 질 무렵이면 연분홍 철쭉꽃이 피어오른다. 벚꽃이 피고 버찌가 익을 무렵이면 찔레꽃 향기가 넘쳐흐른다.

약수터로 오르는 오솔길에 야생화가 지천이다. 살구꽃 그늘 아래 돌나물꽃, 개망초꽃. 제비꽃, 냉이꽃, 씀바귀꽃, 아기똥풀꽃이 곱게 피었다. 시골에 살 땐 눈여겨보지 않았는데 자세히 보니 참 아름답다.

야생화를 감상하며 무수골에 이르렀을 때, 야외학습을 나온 초등학생들이 인솔 교사의 설명을 들으며 메모하고 있었다. '무얼 저렇게 열심히 메모할까?' 호기심에 슬며시 들여다보았다. 야생화에 대하여 공부하는 중이었다.

학생들 틈에 끼어 선생님의 설명을 들었다. 우리나라 토종 민들레꽃의 색깔은 흰색이라고 한다. 주변에 흔히 피어있는 노란 민들레꽃은 외국에서 날아온 씨앗이 번식된 것이라고 했다. 길가에 피어있는 제비꽃 역시 우리나라 토종은 흰색이고, 보라색 제비꽃은 외국종이라고 했다.

바람에 날아온 외국 야생화 때문에 토종 야생화들이 멸종상태에 이르렀다고 한다. 무심히 여겼던 토종 야생화에 대하여 배우고 돌아오는데, 소나무 그늘 아래 피어있는 원추리꽃이 청초하다. 원추리는 고향에서 많이 본 식물이다. 이른 봄 연한 잎은 삶아 나물 해먹고, 된장국도 끓여 먹는 식용식물이다.

진달래 능선을 넘어오며 진달래꽃 따먹던 시절이 그립다. 클로버꽃으로 반지 만들고 목걸이 만들던 그땐, 원추리꽃의 아름다움도 개망초의 청순함도 몰랐다. 저녁 무렵 초가지붕에 피어있던 박꽃과 언덕에 피어있는 달맞이꽃의 아름다움을 몰랐다.

과수원 언덕에 우뚝 서있는 오동나무에 꽃이 피었다. 바로 옆에 살구꽃도 곱게 피었다. 복숭아꽃, 살구꽃, 진달래꽃 이런 꽃만 야생화로 알았다. 토종 야생화도 제대로 모르면서 공짜로 준 화초가 부실하니 어쩌니 불평할 자격이 있을까.

양심의 소리

'이럴 수가 있을까!' 생각하면 할수록 분통이 터지는 노릇이다. 사람을 믿어도 유분수지 바보처럼 당한 일이 현실이기에 벙어리 냉가슴 앓듯 속을 태웠다. 갑자기 뺑소니사고를 당한 생각만 하면 가슴이 두근거리고 자다가도 벌떡 일어나 앉는다.

구민회관에서 문학 강좌가 있던 날이었다. 구민회관 앞 횡단보도를 건널 때였다. 신호등을 확인하며 건너고 있을 때, 갑자기 신호를 무시하고 달리는 승용차에 부딪혔다. 왼쪽 어깨와 가슴팍이 얼얼했다. 왼쪽 손목에서 피가 흘렀다. 가슴팍을 손으로 문지르며 가해 차량을 바라보았다. 조금 전까지 내 옆에 있었는데, 어느새 달아나고 있었다.

교통신호가 바뀌고 사람들의 시선을 의식해서인지 후진하더니 도로변 한쪽에 차를 세웠다. 운전자는 사십 대 젊은 여성이었다. “그렇게 도망가는 법이 어디 있어요?” 했더니 문을 열어주면서 어서 차에 타라고 했다.

다른 차량들에게 지장을 주지 않으려고 얼른 차에 올랐다. 좌회전 신호에 따라 소피아호텔 건너편으로 회전했다. “어디가 제일 많이 아프세요?” 그녀가 물었다. 나는 말 없이 손을 가슴에 올렸다. 그때까지만 해도 한적한 곳에 주차하고 상황을 확인할 줄 알았다.

그녀는 차를 멈추지 않고 계속 달렸다. 운전대 위에 걸려있는 묵주가 눈에 띄었다. 묵주를 보는 순간 안심이 되었다. 같은 가톨릭 신자로 한 가닥 양심을 믿었다. 병원을 찾는 것처럼 두리번거리는 그녀를 신뢰하고 있었다. 그래서 나도 가톨릭 신자라고 밝히고 성당 이름까지 밝혔다. 그때부터 그녀의 태도가 달라졌다. 표정도 부드러워지고 말씨도 상냥해졌다.

잠깐 방심한 사이 그 차는 도봉구를 벗어나고 있었다. 덜컥 겁이 나고 무서운 마음에 “제발 차 좀 세워요.” 소리쳤다. 도봉경찰서를 지나 노원구청 건너편에 있는 정형외과 앞에 차가 멈추었다. 그녀가 “주차하고 들어 갈 테니 접수부터 하세요.” 부드러운 음성으로 말했다.

미심쩍은 마음에 차 번호를 확인하는 순간, 그 차는 질주하는 차량들 틈으로 도주하고 말았다. 한 가닥 양심을 믿었던 나의 마음은 배신감으로 타올랐다. 솔직히 다른 사람도 아니고 같은 종교인으로부터 받은 배신감은 무어라 표현할 수 없었다. 미안하다 위로는커녕 빽소니를 치다니 가소로울 뿐이다.

도봉경찰서 담당 경찰관과 현장으로 가본 결과 운전자의 실수임이 판명되었다. 현장조사로 모든 정황이 참작되었고, 차 번호를 가르쳐 주었건만 찾지 못했다.

병원에 입원하여 하룻밤을 자고 나니 정강이와 어깨가 너무 아팠다. 어깨와 가슴팍은 시퍼렇게 멍이 들고 온몸이 욱신거렸다. 가족들은 고통스러워하는 내게 '머리 안 다친 걸 다행으로 알라'고 달래주었다.

입원 치료 받고 외상은 치료되었지만, 가슴에 맺힌 마음의 상처는 그대로 남았다. 사고를 내고 도망간 그녀는 양심의 소리가 들리지 않을까?

어머니의 학구열

연세 여든다섯 우리 시어머니는 눈도 밝고 귀도 밝고 허리도 꼿꼿하시다. 그뿐인가! 흰머리보다 검은머리가 더 많고 연세에 비해 매우 정정하시다. 어느 날 어머니께서 깜짝 놀랄 대대적인 발표를 하셨다. 어떻게 그런 결심을 하셨을까?

어머니께서 이제부터 공부를 하겠노라 선언하셨다. 심심풀이 화투놀이라면 모를까, 그 연세에 웬 공부냐는 듯 자식들은 모두 놀라는 표정이었다. 나도 이 말씀을 듣고 농담이겠거니 여기며 대수롭지 않게 여겼다.

며칠 후 어머니께서 정말로 공부를 시작했다는 소식이 날아왔다. 확인도 할 겸 전화로 안부 인사를 드렸다.

"어머니, 글공부 시작하셨다면서요?" 여쭈었더니

"암만해도 내가 망령이 들었나비여. 생전 안 하던 짓 하는 걸 보면. 어이구 괜히 시작했나비다." 하시는 걸 보면 공부를 시작한 건 분명하다.

"어머니, 처음이라 그래요."

"니가 좀 가르쳐 줄래?"

"그럼요. 제가 가르쳐드릴게요."

일단 안심을 시켜드리고 통화를 마쳤다. 어머니의 용기에 박수를 드리고 싶다. 하지만, 기억력이 희미해지는 연세에 가능할지 염려스러웠다.

어머니는 말 그대로 일자무식이다. 일제 강점기를 지낸 그 시대의 여성들이 거의 그랬듯, 글공부는 엄두도 못 내고 살림만 배우다가 결혼했다고 한다. 오로지 구 남매 자식 뒷바라지에 평생을 바친 분이다.

희미해진 기억력과 무딘 손으로 한글공부를 시작하신 우리 어머니. 자식들은 글 모르는 어머니의 고충을 전혀 몰랐다. 글씨를 읽고 쓸 줄 몰라도 기차 타고 버스로 갈아타며 딸네 아들네 마음대로 다니고, 사고 싶은 물건 척척 구입했기 때문이다.

라디오 채널은 물론 텔레비전 채널을 마음대로 돌려가며 시간 맞추어 연속극 보시고, 전화도 잘 받으시니까! 그 연세의 어머니들은 다 그러려니 여겼을 뿐이다.

서울에 오신 어머니의 보따리 속에 예쁜 꽃무늬 가방이 들어있었다. 꽃무늬 가방은 막내딸이 사준 선물이라며 "글공부 끝내면 신문에 내준다고 하더라."는 말씀하시며 좋아하셨다.

"어머니, 그동안 공부 많이 하셨어요?" 여쭈었더니

"생각처럼 잘 안되더라. 괜히 시작했나비여." 하시며 공책을 꺼내셨다. 어머니가 꺼낸 것은 초등학교 1학년 국어 공책이었다. 보고 쓰시라고 제일 위칸에 따님이 반듯하게 써놓았지만, 삐뚤빼뚤 엉망이었다. 썼다기보다 그렸다는 표현이 맞을 것 같다.

첫 장에는 당신의 이름 석 자로 가득 채웠다. 다음 장을 넘기니 아버지 어머니가 적혀 있다. "첫 솜씬데 잘 쓰셨네요." "잘 쓰긴 뭘 잘 썼겠어. 손이 굳어서 마음대로 안 되여." 하며 멋쩍게 웃으셨다. 가방에서 다른 노트를 꺼냈다. 산수공책이었다. 1 2 3 4 5 6 7 8 9 10 아라비아 숫자가 꽉 차있다. 숫자를 모르면서 라디오와 텔레비전 채널을 자유자재로 돌린 일이 신기하다.

국어공책에 아들 이름과 손자 이름을 크게 써드리며 "이건 어머니의 큰아들 이름이고, 이건 손자 이름이에요." 가르쳐 드렸더니 좋아하셨다. "소경이 따로 있나. 글 모르면 소경이여. 까막눈이라 저승 갈 때 어떡하나 했더니 아들 손자 이름 쓰고 읽을 줄 알면 걱정 안 해도 되겠다." 하며 웃으셨다.

마음에 안 들면 지우개로 싹싹 지우고 연필을 꾹꾹 눌러가며 다시 쓰는 모습이 진지하다. 공부하다 말고 담배 한 대 피우고, 한숨 주무시고 다시 공부하는 우리 어머니.

어머니 모시고 경동시장에 가는 길. "저것 읽어볼 테니 맞나 봐 줄래?" 하며 앞에 가는 자동차번호를 가리키신다. 5849 또박 또박 읽으셨다. 정확했다. "어머니! 다 맞히셨어요." "참말 다 맞았어?" 하며 기뻐하셨다. 자신감을 얻은 우리 어머니. 상가에 적힌 전화번호를 읽고 또 읽으셨다. "어머니, 저건 뭐라고 적혔어요?" 자꾸 물어도 짜증내지 않으셨다.

처음엔 6과 9를 혼동하여 콩나물 대가리가 위에 있으면 9, 아래에 있으면 6이라고 외우시더니 이젠 잘 구분하셨다. 어머니 얼굴에 '나도 할 수 있다.'는 자신감이 보였다.

진주 강씨. 별명은 강 고집. 한다하면 기어코 하고야 마는 아무도 못 말리는 고집에다가 노력을 더하면 못 배운 한을 푸실 것 같다. 정말로 대단하신 우리 어머니. 어머니의 열정을 본받고 싶다.

*3*부

전설 속으로

어울리지 않는 직업

엽서가 날아왔다. 발신인은 존경하는 K선생님이었다. 봉사 단체에서 함께 활동한 교우이며, 고등학교 교장 선생님으로 정년퇴임한 분이다. 무슨 소식일까? 자제분 모두 결혼하였으니 결혼 청첩장은 아닐 테고, 칠순 잔치하시려나? 예상과 달리 개업식 안내장이었다.

열정도 대단하셔라. 전망 있는 사업을 시작했다는 소식은 신선한 감동이었다. 백세시대라지만, 칠순 연세에 새로운 사업이라니 믿어지지 않았다. 더구나 K선생님은 사업을 하실 분이 아니다. 정년퇴임한 선생님들 대부분 문화센터나 복지관에서 재능기부를 하신다. 주로 서예나 한문을 지도하며 노후를 즐기신다.

요즘 사업을 시작했다가 퇴직금을 날린 사람들이 너무 많다.

지난번 고향 친구가 귀티가 줄줄 흐르는 모습으로 나를 찾아와 돈 버는 방법을 알려 주겠다며 사업 설명을 시작했다.

신상품 사업 설명을 들으며 귀가 솔깃했다. 노다지가 금방 쏟아질 것 같은 착각에 빠졌다. 하지만 자본이 필요했다. 자금이 부족하면 부족한대로 투자해도 된다는 설득을 과감하게 거절했다. 투자할 재력도 없을 뿐더러 노년에 과한 욕심은 화를 부르기 때문이다. 이제는 돈 벌 생각 말고, 건강에 신경 써야할 나이가 되었다.

K선생님 역시 만만치 않은 연세에 사업을 시작했다는 이야기를 이해할 수 없었다. 안내장에는 사업에 대한 내용은 언급하지 않았다. 요즘 사설학원이 우후죽순처럼 늘고 있다. 영어를 전공하셨으니 영어학원을 운영하시려나?

개업식 날, 장소를 확인하다가 이상한 느낌이 들었다. 도심과 멀리 떨어진 외곽이었기 때문이다. 전철을 타고 가다가 버스로 환승했다. 약도를 확인하며 찾아갔는데, 넓은 대지에 커다란 건물이 달랑 하나밖에 없었다. 그 건물 앞에 대형화환이 줄지어 있고, 그 앞에 선생님 내외분이 계셨다.

건물 꼭대기에 간판이 있었다. 〈00 추모공원〉 잘못 본 건 아니겠지? 분명히 추모공원이었다. 왜 하필 추모공원일까? 그냥 돌아가고 싶었지만, 그럴 수 없었다.

무어라고 인사하지? 어느 개업식이든 '축하드립니다.' 하는데,

상황이 달라도 너무 달랐다. 적당한 인사말이 떠오르지 않아 망설이는데 "먼 길 오시느라 수고하셨습니다." K선생님 음성이 들렸다. 불편한 마음 내색 못 하고 목례로 인사하며 안으로 들어갔다. 미리 도착한 지인들과 인사를 나누고 자리에 앉았다. 거의 다 선생님의 제자들이고, 몇몇 분은 K선생님과 함께 근무했던 선생님들이었다.

개업식이 시작되었다. 사회자가 사장님을 소개할 때, 제발 K선생님이 아니기를 바랐다. 그러나 내 바람과 달리 K선생님이 단상에 오르셨다. 단상에 오르더니 '이 세상 모든 사람 누구나 영원히 살 수 없습니다. 어느 날 어느 시에 어떻게 떠날지 아무도 모릅니다. 그러기에 영원한 안식을 누릴 곳을 마련해야 합니다.' 평소의 모습과 너무 다른 모습이었다. 근엄한 선생님께서 장황한 사업설명을 하실 줄이야.

더 실망한 것은 고사를 지낼 때였다. 친척들은 물론이고 제자들 모두 돼지 콧구멍과 귓구멍에 시퍼런 지폐를 돌돌 말아 꽂았다. 돼지 주둥이까지 오만 원 권이 가득 꽂혔다. 이 사업이 번창하려면 날마다 세상을 떠나는 사람이 많아야 한다.

사업 번창하라는 뜻으로 옷가게를 개업하면 옷을 팔아 주고, 그릇가게 개업하면 그릇을 팔아 주었는데, 추모공원 예약은 할 수 없었다.

개업식 이후 K선생님께 안부전화를 할 수 없었다. 부담 없는 사업이라면 '요즘 사업 잘 되세요?' 하며 인사드릴 수 있는데, 세상을 하직하는 사람이 많아야 하는 사업인지라 안부전화를 드릴 수 없었다.

개업 1주년쯤 되었을 때, 소식이 날아왔다. K선생님이 병원에 입원하셨다는 소식 듣고 문병 갔을 때, 췌장암 말기 투병 중이었다. 가랑잎처럼 바싹 마른 몸으로 무척 고통스러운 모습이었다.

문병을 다녀온 한 달 후, K선생님이 하늘나라로 떠났다는 비보가 날아왔다. 결국 자신이 마련해 놓은 추모공원에 안장되었다. 사업부실로 마음고생이 많았다는 사모님의 이야기를 들으며, 잘못 택한 직업 때문이라 생각되었다. 직업에 귀천이 없다지만 한 번쯤 생각해 볼 일이다.

시대가 바뀌었다지만

서울 대방동에 있는 여성사전시관을 관람했다. 전시관에는 과거에서 현재까지 약 100여 년간 발전한 여성의 역사가 고스란히 전시되어 있었다. 오랜 세월 제대로 평가받지 못했던 여성들의 자취를 돌아보며, 여성으로 살고 있음이 얼마나 행복한지 온몸으로 느낄 수 있었다.

예전의 여성들은 남존여비 사상으로 교육은 물론 모든 사회활동에 참여할 계기를 갖지 못했다. 여자가 공부를 하면 팔자가 사납다는 잘못된 사고방식 때문에 그 시대의 여성들 대부분이 교육을 받을 기회가 주어지지 않았다.

우리나라에서 활동하던 서양선교사들이 사립여학교를 설립한 후부터 여성들도 신지식과 신학문을 배울 수 있었고, 교육을 통하여 남성과 평등하다는 걸 깨닫게 되었다. 가정의 대소사와 육아 그리고 농사일까지 여성의 손을 거치지 않는 것은 없었으며 남성들의 영역이라 여겼던 분야까지 진출하기 시작했다.

우리들 자랄 때만 하더라도 여성 운전사를 보면 신기하게 여겼다. 그런데 그 여성 운전자들보다 더 이전에 여의사 박에스터와 여자 비행사 박경원이 있었다는 걸 알게 되었다.

예전의 여성들은 아픈 부위를 의사에게 보이기는커녕 진맥조차 자유롭지 못했다. 병에 걸리면 무당을 불러 굿을 하다가 유명을 달리했다고 한다. 그 시대에 여성 환자들을 치료했던 여의사 박에스터가 존경스럽다.

여성들이 서구문화를 받아들이면서부터 생활에 변화가 일어났다. 3대 4대가 함께 사는 걸 당연하게 여기던 대가족제를 해체시키고 핵가족화를 초래했으며, 출산과 육아와 복장에 변화를 일으켰다. 그와 더불어 음식문화도 개선되었다.

결혼 전에는 친정 부모님 말씀에 순종하고, 결혼 후에는 시부모님과 남편 뜻을 따르는 법으로 알았던 여성들이 완전히 바뀌었다. 안주인의 목소리가 담을 넘으면 집안이 망한다고 여기던 시대에 자신의 의사를 당당하게 표현하고, 유행의 물결에 휩쓸리기 시작했다. 그 당시의 신문과 잡지에 '거리에 서면 여인네뿐이로세'라는 기사가 실릴 정도로 여성의 권위는 향상되었다.

전시관에 전시된 여성의 역사를 관람하면서 만감이 교차했다.

낮에 집에 있는 여자는 간첩이라는 말이 나올 정도로 요즘 여성들은 십중팔구 부재 중이다. 가고 싶은 곳 마음대로 가고, 먹고 싶은 것 마음대로 먹고, 하고 싶은 것 마음대로 누리기 때문이다.

전시관 관람을 마치고 일행들과 음식점에 갔다. 점심시간이라 그런지 빈자리가 없을 정도로 손님이 많았는데, 절반 이상이 여성들이었다. 시장에도, 극장에도, 백화점에도, 음식점에도 남자들보다 여자들이 더 많다.

일행들과 돌아올 적에 날씨가 몹시 추웠다. 사우나에 들러 몸을 녹이고 가자는 의견에 따라 동네 사우나에 갔다. 따끈한 쑥탕에서 몸을 녹이고 소금을 두툼하게 깔아놓은 소금방으로 갔다. 소금방에는 앉을 자리가 없을 정도로 만원이었다. 빈자리가 없어 문을 닫으려는데 "월세방 하나 빠졌습니다." 농담하며 젊은 여성이 일어섰다.

소금 방에는 어린 자녀를 두었음직한 젊은이들이 여럿 있었다. 저녁 때가 되었건만 꿈쩍도 하지 않았다. 얼음이 가득 담긴 커피통을 들고 젊은 여자 둘이 또 들어왔다. 자리를 비워 줄 겸 일어섰더니 "조금 전에 오셨는데, 벌써 가시게요?" 하고 옆자리에 있는 젊은이가 물었다. "빨리 가서 저녁밥 지어야지." 했더니 그 젊은이 왈 "요즘 끼니때마다 밥하는 집이 어디 있어요? 아침에 밥해놓으면 각자 알아서 해결하는 거예요." 구 시대적인 사고방식을 버리라는 듯이 또박또박 말했다.

아직까지 나는 한 번도 그렇게 한 적이 없다. 낮에는 식구들이 없으니까 점심은 신경 쓰지 않아도 되지만, 아침밥과 저녁밥은 반드시 새로 짓는 법으로 알았다. 더구나 찬밥을 싫어하는 남편 때문에 아침 저녁은 늘 새로 밥을 지었다.

세상 참 많이 변했다. 마누라들은 시원한 냉커피 마셔가며 억지로 땀을 빼고, 남편들은 처자식 먹여 살리기 위해 비지땀을 흘리는 세상이 되었다. 돈 버는 기계라 부를 정도로 힘들게 사는 남편들. 그와 반대로 여자들은 호사를 누린다.

평생 일만 하다 돌아가신 할머니와 큰어머니 얼굴이 떠오른다. 시골 부자는 일 부자라 할 만큼 일이 많았다. 농사 지으며 길쌈하느라 잠도 제대로 못 자고, 맨손으로 빨래하여 일일이 삶고 풀 먹이고 다듬이질한 다음 다시 바느질했다.

아궁이에 불을 때서 삼시 세 때 밥을 지으시던 그 분들 삶에 비하면 이 시대의 여성들은 너무 편하다. 수도꼭지만 틀면 물이 철철 나오고 전기만 꽂으면 저절로 밥이 되는데, 그것도 귀찮아 밥을 한꺼번에 지어 놓는다니 한심하다.

'말을 타면 종을 부리고 싶다'는 말이 있다. 여성의 권위가 향상되어 편안한 생활을 하는 것은 즐거운 일이다. 그러나 가족들 끼니조차 귀찮아하는 것을 보면서 시대가 변했다는 것을 실감했다. 그렇지만 권리와 의무는 평행선을 이루어야 하지 않을까.

열쇠

예전에는 외출할 때마다 챙겨야 할 물건은 현관 열쇠였다. 그동안 가족 모두 열쇠를 하나씩 갖고 다녀 불편을 몰랐는데, 며칠 전에 열쇠 때문에 큰 불편을 겪었다. 남편이 집에 있는 걸 보고 외출했다가 돌아와 보니 집이 비어 있었다.

열쇠를 챙기지 않고 외출한 자신을 탓하며 남편에게 전화했다. 남편은 고향 친구와 한 잔 하는 중이라고 했다. 아파트 마당에서 기다리는데 전화벨이 울렸다. 집에 도착했다는 남편의 전화였다.

다음날 아침 열쇠 전문점 사장님이 찾아오셨다. 현관 열쇠가 고장난 것도 아닌데 교체할 이유가 없었다. 의아한 표정으로 "사장님, 잘못 찾아오신 것 아니에요?" 했더니 "주인 양반이 번호 키로 교체하라고 했어요." 공연히 낭비하는 것 같아 망설이다가 "그렇게 해 주세요." 했다. 지정된 숫자만 누르면 저절로 열리고, 저절로 잠기는 번호키로 교체했다.

지난번 여행 갔을 때, 숙소에서 카드를 대는 즉시 현관문이 열리는 걸 보고 신기했었다. 그러나 여행 도중 카드를 분실할까 봐 얼마나 신경 썼는지 모른다. 그렇듯 열쇠나 카드는 분실할 염려 있지만, 번호 키는 그런 걱정할 필요가 없다. 단 하나 비밀번호만 기억하면 된다.

열쇠 못 챙긴 마누라 때문에 어지간히 걱정되었나 보다. 여러 번 열어보고 닫아보던 남편이 "이제 이 열쇠 버려도 되지?" 하며 쓰레기통에 던져버렸다. 그동안 없어서는 안 될 소중한 물건이었는데, 하루아침에 쓸모없는 물건이 되어버린 열쇠.

큰아들 유치원 시절, 열쇠 때문에 고생한 적이 있다. 둘째를 임신한 만삭이라 학부모 간담회에 불참하려다가 엄마를 기다릴 아이 걱정에 무거운 몸을 이끌고 유치원에 갔다.

간담회를 마치고 돌아와 현관문을 열려는데, 열쇠가 보이지 않았다. 분명히 가방에 넣었는데 어디 갔지? 가방을 쏟아보고 주머니를 뒤지다가 유치원 앞에서 과자를 샀던 기억이 떠올랐다. 지갑을 꺼내다가 빠뜨렸나? 과자를 샀던 가게를 향해 걸었다. 우리 동네에서 유치원까지 임산부 걸음으로 두 시간 정도 걸리는 거리를 가보았지만, 열쇠를 찾지 못했다.

그땐 이렇게 편리한 열쇠가 없었다. 번호만 누르면 저절로 열리는 문 앞에서 동화 아라비안나이트가 떠올랐다. '열려라 참깨' 하면 저절로 열리고 '닫혀라 참깨' 하면 저절로 닫히는 착각에 빠졌다. 건망증으로 깜빡깜빡 잊는 나이에 열쇠 분실할 염려는 없어졌지만, 입력번호 잊을까 봐 걱정되었다.

이런저런 상념에 잠겨 있는데, 동갑내기 친구가 '보여줄 게 있으니 빨리 오라.'고 했다. 며칠 전에는 '큰사위가 목걸이를 사오고, 작은사위는 반지를 사왔다.'고 자랑하더니 이번엔 무얼 자랑하려고 그러나? 상상하며 친구네 집에 도착했다. 친구가 손바닥을 현관에 대는 순간 문이 스르르 열렸다.

번호 키만 보고도 감탄했는데, 손바닥을 대는 즉시 문이 열리는 열쇠를 보고 감탄하지 않을 수 없었다. 시간이 흐를수록 발전하는 시대에 이 다음엔 어떤 열쇠가 등장하려나?

전설 속으로

우리 친정집 앞으로 냇물이 흘렀다. 그 냇가에서 다슬기를 잡고, 소꿉놀이를 하던 시절이 그립다.

신평에서 목장리를 지나면 냇물과 바닷물이 만나는 장소가 있었다. 그 곳에 철교가 있고, 그 철교로 장항선 열차가 하루에도 몇 번씩 지나다녔다.

철교 아래에 버드나무들이 우거지고 그 주변에 억새풀이 있었다. 그곳에 물고기들이 많았는데, 특히 참게와 민물장어가 많아 동네 사람들이 그곳에서 물고기를 잡았다.

우리 아버지도 가끔 그곳에서 장어를 잡았다. 장어를 잡는 날은 동네 잔칫날이었다. 바깥 마당에 멍석을 깔아놓고 숯불에 지글지글 장어 굽는 냄새가 퍼지면 일일이 연락하러 다니지 않아도 자연스럽게 동네 사람들이 모여들었다.

식도락가인 아버지는 민물매운탕 끓이는 솜씨도 좋았지만, 장어 굽는 솜씨가 남달랐다. 초벌구이 해놓은 장어에 양념간장을 발라 지글지글 굽던 아버지 모습이 눈에 선하다.

땀을 뻘뻘 흘리면서도 동네 사람들을 대접하며 즐거워하던 아버지가 멋있어 보였다. '이런 음식은 여럿이 먹어야 맛있는 법이여!' 하며 즐거워하던 우리 아버지. 그때 계시던 동네 어른들이 대부분 하늘나라로 떠나시고 아버지마저 안 계신 고향은 완전히 변했다.

동네 앞에 흐르던 냇물은 땅 속으로 숨어버리고 완전히 복개되어 새로운 동네가 형성되었다. 고층아파트가 들어서고, 관공서들이 들어섰다. 변한 곳은 그곳뿐이 아니다. 우리 삼 남매가 다니던 대천초등학교 앞 제방도 없어지고, 우리 동네 한가운데 우뚝 서 있던 느티나무도 없어졌다.

옆집 봉자네도 없어지고, 동네에서 제일 큰 기와집도 고층 건물로 바뀌었다. 단층이던 우리 집은 이층으로 바뀌고, 집앞으로 도로가 신설되는 바람에 우리 바깥 마당이 절반이나 잘려나갔다.

마당에 있던 포도나무도 감나무도 모두 없어졌다. 청포도 그늘 아래 더위를 식히던 시절이 그립다. 그보다 감나무에 얽힌 추억이 새록새록 떠오른다. 내 어릴 적 집을 새로 지어 이사했을 때, 아버지께서 감나무를 심으셨다. 그 감나무가 첫 열매를 맺었을 때, 달랑 다섯 개뿐이었다. 그걸 보는 사람마다 다섯 식구 사이좋게 나누어 먹으라고 다섯 개만 달린 거라고 농담했었다.

감이 익어 첫 수확하던 날 어머니께서 "큰 그릇에 따야 다음해 풍성하게 열리는 거란다." 하시며 커다란 바구니를 주었다. 겨우 다섯 개 뿐이었지만 커다란 바구니에 감을 따던 일이 아직도 생생하다.

우리 집에서 약 10분 거리에 시장이 있다. 5일마다 돌아오는 장날이면 여기저기 모여드는 장꾼들로 시끌벅적 요란했다. 그렇게 시끄럽던 시장이 조용해졌다. 깔끔하고 세련된 건물이 신설되고, 5일장이라는 단어는 전설 속으로 숨어버렸다. 필요한 물건 언제든지 사고 팔 수 있는 시대가 되었다.

학교 다닐 땐 학교 운동장이 굉장히 커 보였는데, 지금은 왜 이렇게 좁아 보일까? 학교 운동장은 옛날 그 자리에 그대로인데, 왜 이렇게 작아 보일까? 플라타너스 그늘에 앉아 지난날을 추억한다.

운동회 연습하느라 얼굴이 까맣게 그을었던 그 시절이 그립다. 운동회 날은 마을 축제와 다름없었다. 과자 따먹기 할 때, 콧등에 밀가루 범벅하고 달리던 모습이 떠오른다. 가장 인기 있는 종목은 호출경기였다.

출발점에 놓인 종이를 들고 두루마기 입은 할아버지를 찾아야 하고, 배가 불룩 나온 아주머니를 찾느라 우왕좌왕하던 모습이 재미있었다.

친구들과 오르내리던 진달래 능선도 사라졌다. 빌딩 숲으로 바꿔어버린 진달래 능선, 모든 것들이 변하여 옛 모습을 찾을 수 없다. 진달래꽃을 배경으로 사진 찍던 친구들 모두 백발노인이 되었다.

유년시절로 돌아가 그들과 뛰어놀던 골목길을 거니는데 '그만 놀고 저녁 먹어라~~~~' 부르시던 어머니 음성이 들려올 것만 같다.

질투

학교폭력을 견디다 못해 극단적인 선택을 한 남학생에 대한 기사가 보도되었다. 아파트 옥상에서 추락한 남학생은 이제 겨우 중학교 1학년생이다. 가해 학생들 역시 1학년 같은 반 학생들이었다. 날마다 폭행하고 돈까지 강요했다니 얼마나 견디기 어려웠으면 그 어린 것이 죽음을 택했을까? 그 기사를 보며 칠십여 년 전 초등학생 시절이 떠오른다.

초등학교 2학년 때, 서울에서 전학 온 아이가 있었다. 그 아이 이름은 고수희. 곱슬머리에 피부도 뽀얗고 예뻤다. 전학 온 첫날 수희 아버지가 "우리 수희랑 사이좋게 지내라."고 우리 반 아이들에게 말씀하셨다. 그날 수희는 예쁜 원피스에 예쁜 구두를 신고 있었다. 마치 만화영화에 나오는 공주처럼 멋이 있었다.

그 당시 시골 어린이들 대부분 통치마에 저고리를 입고 다닐 때였다. 그래도 나는 옷감가게 운영하는 이모 덕분에 원피스와 블라우스 등 유행하는 옷을 입고 다녔다.

바느질 솜씨 좋은 어머니는 재봉틀에 무슨 옷이든 잘 만드셨다. 어머니가 만들어준 옷을 입고 다니는 나를 친구들이 부러워했는데, 수희가 전학 온 후부터 완전히 수희에게 관심이 쏠렸다. 날마다 예쁜 옷에 예쁜 구두를 신고 다니는 수희가 미웠다.

한국전쟁을 치른 지 얼마 되지 않은 시기에 외국에서 원조물품이 도착했다. 대부분 연필이나 공책, 지우개 등 학용품이었는데, 선생님이 나누어주는 대로 무조건 받아야 했다. 그런데 수희가 받은 물건은 아주 특별했다. 손잡이만 돌리면 저절로 깎이는 연필깎이였다. 생전 처음 보는 물건을 보고 모두모두 부러워했다. 한번만 만져보고 싶다는 아이들의 청을 거절하는 수희를 반 친구들은 서울 깍쟁이라고 놀렸다.

그때부터 수희를 따돌리기 시작했다. 공기놀이 하거나 숨바꼭질할 때, 그 애만 쏙 빼놓고 놀았다. 어느 날 하교 시간에 짓궂은 남자애들이 수희 구두를 감추었다. 수희를 미워하고 질투했지만, 엉엉 울고 있는 수희가 가여웠다. 울거나 말거나 그대로 가려다가 짝꿍과 구두를 찾아주기로 했다.

책상 서랍을 모두 확인하고 교탁 아래까지 샅샅이 보았지만 찾지 못했다. 남은 곳은 딱 한 군데 신발장 위가 궁금했다. 의자를 딛고 올라섰어도 보이지 않아 까치발로 올려다보았다. 예상대로 그 곳에 수희 구두가 숨어있었다. 귀한 보물이라도 발견한 것처럼 "찾았다~" 소리치다가 의자가 흔들리는 바람에 바닥으로 굴렀다. 담임선생님이 달려오시고 수희 아버지까지 오셨다.

수희 아버지가 병원에 가자고 했다. 집에 가서 약을 바르면 된다고 했지만, 결국 수희네 승용차를 타고 병원에 갔다. 그 병원은 수희 아버지가 운영하는 병원이었다. 의사 선생님인 수희 아버지가 무릎과 팔꿈치에 약을 발라주시고 약도 주셨다. 저녁 식사까지 대접받고 돌아올 적에 수희 어머니께서 "이번 일요일에 꼭 오라."고 부탁했다.

약속한 일요일이 돌아왔을 때, 어떡할까? 망설이다가 수희네 집에 갔다. 수희 어머니가 반갑게 맞아주시며 "오늘 주일이라 성당에 가는데 같이 안 갈래?" 하며 물으셨다. 한 번도 가본 적 없었지만, 수희 어머니의 미소에 반해 응낙하고 말았다.

수희네 가족들과 성당에 다녀온 후부터 수희와 각별한 사이가 되었다. 교리공부를 마치고 영세 받을 때, 수희 어머니가 제일 기뻐하셨다. 수희를 미워하는 걸 알면서도 내색하지 않고 기다려준 수희 어머니. 그땐, 남을 미워하는 일이 잘못인 줄 몰랐는데, 스스로 깨닫도록 기다려주고 이끌어주신 수희 어머니. 철부지였던 나를 사랑으로 감싸안은 수희 어머니. 세상에 그런 어머니가 많았으면 좋겠다.

인공지능시대를 극복하려면

충청남도 보령에서 한국문인협회 주최로 문학심포지엄이 열렸다. 존경하는 선배 문인들의 강의를 들으며 새로운 지식을 배울 수 있었다. 가을은 독서의 계절이다. 무더운 여름이 지나고 독서하기 좋은 계절이다.

그럼에도 인공지능이라는 걸림돌의 등장으로 독서인구가 점점 줄어드는 현실 앞에 어떻게 해야 책을 읽는 독자들이 많아질까? 하는 주제로 토론이 진행되었다.

요즘 아기 손바닥보다 작은 스마트폰 하나만 있으면 세상의 모든 정보를 알 수 있는 세상이 되었다. 스마트폰은 인류의 장기라 할 만큼 문화가 발달하면서 급속도로 성장하였다.

은행에 직접 가지 않아도 입출금이 원활하고, 휴대폰만 있으면 물건을 사기도 하고 팔기도 한다.

영화관에 가지 않아도 보고 싶은 영화 마음대로 볼 수 있고, 읽고 싶은 책 마음대로 읽을 수 있다. 녹음을 할 수 있고, 방송을 들을 수 있고, 주식도 할 수 있고, 강의도 들을 수 있고, 사진도 찍을 수 있고, 조명도 할 수 있고, 노래방도 가능하고, 건강관리도 할 수 있고, 음식배달은 물론 히터조절에 위치추적까지 할 수 있다. 이루 다 열거하기 어려울 정도로 무궁무진하다.

이렇게 스마트폰으로 무엇이든 할 수 있는 시대가 되었다. 아침부터 잠들 때까지 스마트폰과 혼연일체하는 시대를 포노사피엔스 시대라고 한다. 인류의 삶에 지대한 영향을 끼치는 포노사피엔스 시대를 어떻게 준비해야 하나?

책을 통하여 지식을 얻던 시대는 전설 속으로 사라지는 것인가? 염려하는 중견문인들의 강의와 토론을 통하여 독자들을 움직일 수 있는 과제는 문인들의 몫이라는 걸 알았다.

결론은 현대감각에 어울리는 글, 독자들이 공감할 수 있는 글이다. 너무 지루하고 이해하기 어려운 난해한 문장을 피해야 한다.

정말로 공감하는 말씀이었다. 솔직히 지인들로부터 받은 책이 많이 있다. 특히 시집을 받았을 때 난감한 적이 한두 번이 아니다. 도대체 무슨 뜻인지 도저히 알 수 없는 내용 때문이다. 꼭 그렇게 이해할 수 없는 어려운 시어를 넣어야 하는지 묻고 싶었다.

독자들이 공감할 수 있는 시어들이 많고 많은데, 왜 그렇게 난해한 시어를 택할까?

그렇다고 작가의 인격이 높아지고 글의 품격이 올라가는 것도 아니다. 오히려 끝까지 읽지 않고 덮어버린다. 최첨단 인공지능시대와 맞서려면 먼저 글을 쓰는 방법이 바뀌어야 한다. 인공지능시대에 걸맞게 독자의 마음을 움직이는 글을 써야 한다.

예를 들어 약 십여 년 전만 하더라도 파카 만년필을 사용하는 사람들이 많았다. 입학선물과 졸업선물용으로 각광을 받던 파카 만년필이 볼펜의 등장으로 수요가 점점 줄어들었다.

파카 만년필회사 직원이 사장님께 "사장님 어떡하면 좋을까요?" 걱정스러운 표정으로 물었을 때 사장님은 "걱정할 것 없다. 품질을 더 좋게 만들면 된다."고 했다고 한다. 그 일화처럼 인공지능이 고도로 발달하였어도 만물의 영장인 인간을 이길 수는 없다. 그와 마찬가지로 인공지능시대를 극복하려면 독자들이 공감할 수 있는 글을 써야 한다. 굳이 이해하기 어려운 용어를 택할 필요가 없다.

소월의 시를 보더라도 어려운 문장이 하나도 없다.

초혼, 진달래꽃, 산유화 등 많고 많은 시 모두 알아듣기 쉽게 표현되었다.

엄마야 누나야 강변 살자
들에는 반짝이는 금모래 빛
뒷문 밖에는 갈잎의 노래
엄마야 누나야 강변 살자

인공지능시대를 극복하려면, 소월의 시처럼 어린이로부터 노인에 이르기까지 누구나 공감할 수 있는 문장이어야 한다.

절도일까 서리일까

아침 일찍 채마밭 입구에 들어서는데 어쩐지 허전한 느낌이었다. 김장용 무와 배추가 자라고 있는 밭이 엉성해 보였기 때문이다. 지난 추석 때 무와 배추를 잃어버려 황급히 뛰어가 보니 통통하게 살이 오른 무가 뽑힌 흔적이 역력하다.

어제 저녁 때까지만 해도 멀쩡했는데 오늘 아침방송에 배추를 훔쳐 가는 장면이 공개되었다. 어둠이 걷히지 않은 이른 새벽에 젊은 여자 둘이 길가에 승용차를 세우고 배추를 뽑는 장면이었다. 지나가던 아저씨가 "웬 배추를 이렇게 일찍 뽑으세요?" 하고 물으니 "김장하려고요." 하고 천연스럽게 대답했다고 한다.

수상히 여긴 아저씨가 차량번호를 적고 휴대폰으로 배추 뽑는 장면까지 촬영한 줄 모르고 배추를 싣고 유유히 사라졌던 여자들이 입건되었다. 뻔뻔스러운 이 여자들 "그까짓 배추 서리한 게 무슨 잘못이냐?"고 대들었다.

우리들 자랄 때도 친구들과 어울려 서리를 했다. 아무런 죄의식 없이 강낭콩 따다가 개떡 쪄먹고 호박 따다가 전을 부쳐 먹으며 깔깔거렸다. 그때는 닭서리, 토끼서리는 아예 도둑으로 여기지 않았다. 어른들께 개떡이나 호박전을 갖다 드리면 '이런 녀석들 보게나.' 하며 껄껄 웃으셨다. 그 웃음 속에는 '알았다. 용서하마.'라는 의미가 담겨있었다.

그러나 자동차까지 대놓고 김장거리를 뽑아가는 것은 서리로 보긴 어렵다. 그건 분명한 도둑질이다. 금년엔 비가 자주 오는 바람에 김장채소가 부실하고 값이 곱절로 올랐다. 그래서 김치가 아니라 금치라고 할 정도로 배추 값이 비싸다.

이렇게 채소 값이 비쌀 때, 내 손으로 가꾼 채소로 김장할 수 있다는 자부심에 부풀어 있었다. 비료 안 주고 농약 안 준 채소로 김장해서 아들네 줄 생각으로 행복했다. 일일이 벌레 잡으며 노랗게 속이 차오르는 배추를 보는 재미가 쏠쏠했다.

평소와 다름없이 집안일을 마치고 텃밭으로 향했다. 밭머리에 들어서면서 "애들아, 잘 있었니?" 습관처럼 중얼거리다가 가슴이 철렁 내려앉는 느낌이었다. '세상에~ 벼룩의 간을 빼먹지. 이 잘난 걸 뽑아가다니.' 다른 집처럼 큰 밭도 아니고 양도 적은데 그걸 뽑아간 걸 보고 어이가 없었다.

그것도 속이 통통하게 찬 배추만 골라서 뽑아갔다. 기가 막혀 멍하니 서 있다가 무밭을 보았다. 무밭에 구멍이 뻥뻥 뚫려있고 파와 갓도 뽑힌 흔적이 역력했다. '양심도 없는 인간 같으니라고. 여름내 애쓴 사람 어떡하라고.' 그나마 몽땅 뽑아가지 않은 것만 다행으로 여겼다.

지난번에는 호박을 몽땅 잃어버렸다. 둥그스름한 조선호박이 찬바람이 나면서 조랑조랑 열렸다. 기름을 발라놓은 것처럼 윤이 자르르 흐르는 호박을 따고 싶어도 참았다. '내일 아침까지 조금 더 크겠지.' 여기고 따지 않았다.

다음 날 아침 부지런히 올라갔을 때 눈도장 찍어둔 호박들이 보이지 않았다. '분명이 여기 있었는데 어디 숨었지?' 하며 이파리를 젖혀보다가 놀라운 장면을 발견했다. 호박이 맺혔던 자리가 비틀려 있고 그 자리에서 수액이 뚝뚝 떨어지고 있었다. 수액이 떨어지고 있는 것은 호박 딴 시간이 오래 되지 않았다는 뜻이다.

사방이 뻥뻥 뚫려있고 등산객들이 수시로 오르내리는 곳이라 보는 눈도 많은데 어떻게 땄을까? 그 많은 것을 어디에 어떻게 감추고 갔을까? 잃어버린 내 가슴은 이렇게 후들거리는데, 남의 것을 따면서 떨리지 않았을까? 주인 몫을 남기지 않고 모조리 따 간 사람이 원망스러웠다.

추위가 물러가기 전에 구덩이를 파고 한약 찌꺼기와 깻묵을 얻어다가 밑거름을 주었다. 호박순이 자라면서 거름을 보충해주고 여름내 퍼붓는 비 때문에 벌이 날아들지 못했다. 어쩌다 암꽃이 피면 힘없이 떨어졌다. 붓으로 암꽃에 수꽃가루를 발라주어도 워낙 날이 궂으니 사구반 떨어졌다.

여름내 열매를 맺지 못하더니 찬바람 나면서부터 맺히기 시작했다. 찬바람을 맞은 호박은 달고 맛있다. 전도 부치고 나물해 먹으려 했는데, 도둑맞았다. '양심도 없는 인간 같으니라고.' 허전한 마음 가라앉지 않았는데, 김장거리까지 잃고 보니 싱숭생숭하다.

남의 물건 훔치는 건 도둑질이다. 즉 절도란 말이다. 왜 남이 애써 지어놓은 농작물에 손을 댈까? 파, 깻잎, 풋고추, 호박잎 등 종종 잃었지만, 이렇게 마음 아픈 적은 없다. 가슴 한편이 텅 빈 것처럼 허전하다.

텔레비전 방송에서 본 여자들도 참 한심하다. 승용차를 소유한 사람이 배추 살 돈이 없어서 남의 밭에 들어갔을까. 도벽은 습관이다. 밭에서 일하다 보면 산에 오르내리며 슬쩍슬쩍 깻잎이나 호박잎 따서 주머니에 넣는 사람을 종종 본다. 우리 김장거리에 손댄 사람 역시 같은 사람 소행으로 보이는데, 나쁜 손버릇 고칠 수 없을까?

고향의 어른들은 껄껄 웃어넘기면 그만이었는데, 왜 나는 이렇게 기분 나쁠까? 고향 어른들처럼 웃어넘기자. 잊어버리자. '그래, 도둑이 아니라 서리야! 서리!'

풍덩 빠져보니

매주 화요일 정오에 도봉구청 지하 아뜨리움에서 작은 음악회가 열린다. 대중음악과 팝송 그리고 한국민요를 기타, 색소폰, 오카리나, 플루트 등 다양한 악기로 연주한다. 음악동아리 뮤직하모니에서 주최하는 이 음악회의 첫 시작은 구청직원들을 위주로 시작되었다고 한다.

그랬는데 지금은 지역주민을 위한 음악회로 자리매김되어 지역 주민들의 감성을 아름답게 만들어주는 역할을 한다. 구청 용무를 보러 갔다가 우연히 공연을 보는 사람들이 대부분이지만, 아름아름 입소문을 듣고 찾아오는 사람들이 더 많았다. 대부분 관객이 아니라 무대에 참여하고 싶은 아마추어 음악가들이었다.

횟수를 거듭할수록 볼거리와 즐길거리가 풍성해졌다. 동네 주민이 관객이 되고 연주자가 되어 자신의 재능을 펼치는 곳, 음악을 좋아하는 사람이라면 누구나 참여할 수 있는 곳. 칠순이 넘은 할아버지와 할머니가 듀엣으로 '고향초'를 멋들어지게 하모니카로 연주하고, 기타반주에 맞추어 자작시를 낭송하기도 한다.

어떤 여성은 찬송가를 원어로 부르며 한껏 멋을 부리다가 음을 너무 높이 잡아 다시 부르는 바람에 웃음바다를 이루기도 했다. 실수를 해도 흉을 보거나 나무라지 않고 박수로 격려해 주는 곳.

내가 이 음악회를 알게 된 것은 구청에서 실시하는 컴퓨터 강좌에 참석하면서부터다. 일기예보를 듣지 못해 우산 준비를 못했던 날, 컴퓨터 수업을 마치고 나와 보니 비가 주룩주룩 내렸다. 우산도 없이 비를 맞을 수 없어 어떡하나? 망설일 때 어디선가 색소폰 소리가 울려 퍼졌다.

로비 난간에 기대어있는 사람들 모두 아래층을 내려다보고 있었다. 그들의 시선 따라 나도 아래층을 바라보았다. 지하 1층 아뜨리움 분수대 앞에 〈플라르 뮤직앙상블 정오음악회〉라는 플래카드가 걸려있었다. 시원스럽게 뿜어대는 분수대의 하얀 물줄기가 반주에 맞추어 춤을 추듯 상하좌우로 흔들거렸다. 화려한 무대장치는 아니었지만, 단정한 복장의 젊은 남성이 섹소폰을 연주했다.

점심식사 후 차 한 잔과 함께 휴식을 취하는 구청직원들이 대부분이었지만, 일반인들도 많은 자리를 차지하고 있었다. 그곳에 있는 사람들이 부러웠다. 그들처럼 음악을 감상하고 싶어 조심스럽게 계단으로 내려가 아기를 안고 있는 여성 곁에 살그머니 앉았다. 새근새근 잠들어 있는 아기의 표정이 평화로웠다.

그 아기 엄마가 부러웠다. 내 젊은 시절 아기 키울 땐, 이러한 낭만을 몰랐기 때문이다. 음악 감상은커녕 책 한 권 제대로 읽을 겨를이 없었다. 감미로운 음악을 들으며 엄마 품에 잠든 아기의 감성은 얼마나 풍부할까! 분주한 생활 속에서 동동거리며 살았던 지난날을 돌아보았다.

메마른 내 감성에 자양분을 넣어주고 싶었다. 이제라도 좋은 책 읽고 감미로운 음악을 감상하면 좋을 것 같았다. 녹슨 기계에 윤활유를 넣어주듯 무딘 감성을 회전시켜 줄 여유를 갖고 싶었다.

그래서 화요일이면 평소보다 더 부지런을 피운다. 정오음악회에 참석하기 위해서다. 불과 한 시간 동안의 짧은 음악회지만, 아름다운 선율에 머리를 식히고 돌아온 날은 피곤하지 않고 숙면을 취했다.

환자를 치료하는 방법 중에 음악치료가 있다. 좋아하는 악기를 연주하거나 음악을 꾸준히 듣기만 해도 치료가 된다고 했다. 만병의 근원은 마음에 있다고. 마음이 괴로우면 몸이 아프다고. 마음을 편하게 하라고 수없이 들었지만 말처럼 쉽지 않았다.

요즘 정오음악회 덕분에 행복하다. 황홀한 클래식 선율 속에

파묻혀 내 안에 잠재되어 있는 묵은 잡념들을 털어버리면 한껏 정화되는 느낌이다.

음악동아리 회원들과 관객 모두 손뼉을 치며 '대지의 항구'와 '서울의 찬가' 등 대중가요를 신나게 부르고 나면 가슴 속이 뻥 뚫리는 기분이다. 이렇듯 정오음악회에 풍덩 빠져있노라면 잠시나마 새로운 세상과 만나는 듯 행복하다.

정월대보름 풍속

대보름이 돌아오기 전부터 바빴다. 호박오가리와 가지 말린 것을 물에 불리고, 토란대와 무시래기와 피마자 잎을 삶아놓았다. 호박오가리와 가지오가리는 삶지 않고 따뜻한 물에 담갔다가 물기를 꼭 짠 다음 파, 마늘, 버섯가루를 넣고 들기름 둘러 약한 불에 볶는다.

무나물은 채를 썰어 물을 자작하게 붓고 소금으로 간을 맞추어 다진 마늘과 참기름을 적당히 넣고 익히다가 무가 익을 무렵 굴과 파를 넣는다. 토란대와 무시래기 피마자 잎은 파, 마늘, 버섯가루에 들깨가루를 넣고, 간이 배도록 조물조물 주물러 들기름을 넣고 볶는다.

대보름 음식은 친정어머니한테서 배웠다. 정월 열나흗날 저녁이면 어머니는 오곡밥에 나물을 장만했다. 오곡밥은 팥, 콩, 좁쌀, 찹쌀, 수수, 기장을 불렸다가 시루에 쪘다. 김이 푹푹 오르다가 가느다랗게 솔솔 피어오르면 밥이 잘 익었다는 신호다. 불을 끄고 잠시 뜸을 들인 다음 솥뚜껑을 열어 김을 확 빼 주어야 고슬고슬하다.

정월 대보름이 돌아오면 고향에서 지낸 추억이 떠오른다. 어머니는 해마다 복조리를 안방 문위에 걸어놓았다. 복조리에 갱엿을 사다가 올려놓았다. 복조리는 복을 건지라는 뜻이고, 엿은 복을 붙여 들이라는 뜻이라고 했다.

정월 열나흗날 여자들은 매우 바쁘다. 논에서 뽀얀 찰흙을 떠다가 부뚜막에 맥질을 하고, 집안 구석구석 대청소를 한다. 청소를 마치고 쓰레기를 모두 태운다. 쓰레기를 태우는 것은 해충이 끓지 말라는 뜻도 있지만, 집안에 끼어있는 액운을 태워 버리는 뜻이다.

청소와 음식장만을 마치면 해가 지기 전에 이른 저녁을 먹어야 한다. 보름달에게 소원을 빌면 소원이 이루어진다하여 달맞이를 가기 위해 이른 저녁을 먹는다. 달맞이를 마친 다음 다리를 밟으러 간다. 열두 다리를 밟아야 일 년 열두 달 동안 다리가 아프지 않다는 전설에 따라 냇가에 있는 징검다리까지 건너다녔다.

우리 자랄 때만 하더라도 여자들은 정초에 돌아다니지 못했다. 집안에 갇혀 지내다가 마음 놓고 돌아다닐 수 있는 자유의 날이 바로 정월대보름 날이다. 남자애들은 논둑에서 쥐불놀이에 신바람이 나고, 여자애들은 널을 뛰기도 하고 강강술래를 했다.

대보름 아침에 게으름을 피우면 안 된다. 남보다 먼저 더위를 팔아야 한다. 상대방이 깜빡 잊고 대답할 때 '네 더위!' 하고 도망가야 한다. 상대방이 '먼저 더위!' 하면 그 더위를 자신이 먹기 때문이다. 더위를 산 사람은 다른 사람에게 빨리 더위를 팔아야 한다.

아침식사를 하기 전에 먼저 부럼을 깬다. 밤이나 호두 땅콩 견과류를 깨물어 부스럼 나지 않게 해 달라는 뜻으로 부럼을 깬다. 그리고 귀밝이술을 마신다. 귀가 밝아지라는 뜻도 있지만 일 년 내내 기쁘고 좋은 소식을 듣게 해달라는 뜻으로 남녀노소 누구나 귀밝이술을 마신다.

아침 밥상에 바삭하게 구운 김으로 밥을 싸서 수북이 쌓아놓는다. 일 년 내내 양식이 풍성하라는 뜻이다. 시래기나물은 명(命) 길라는 뜻이고, 두부는 통통하게 살이 오르라는 뜻이고, 호박오가리는 달 밝을 때 죽으라는 뜻이다.

그땐 먹을거리가 귀하던 시절이라 토실토실하게 살이 찐 사람을 부러워했다. 그땐 살찔까 봐 걱정하는 사람은 없었다. 오히려 아홉 집을 돌며 아홉 번 밥을 먹는 날이라고 기뻐했다.

정월대보름날 물을 함부로 버리면 꾸중 들었다. 물을 아무데나 철썩철썩 버리면 농사철에 홍수가 나고 흉년이 든다고 했다. 세

수 물이나 설거지물도 모아두었다가 나중에 버렸다.

정월대보름날이면 동네 전체가 잔칫집 같았다. 농자천하지대본(農者天下之大本)깃발을 들고 풍물패들이 북 치고 장구 치고 꽹과리를 울리면 동네사람들이 모두 모여 지신을 밟았다.

그렇게 푸짐하던 정월대보름 풍속이 점점 사라지고 있다. 주민센터 주최로 풍물패들이 뚱땅거리며 동네 한 바퀴를 돌고, 척사대회를 개최하는 것이 고작이다. 정월대보름 풍속이 계속 이어지기를 바라는 것은 혼자만의 생각일까.

허황된 꿈

매주 일요일 KBS 텔레비전 방송에 TV쇼 진품명품이라는 프로그램이 있다. 우리나라 전통 민속품의 진가를 평가받고, 역사 공부를 할 수 있는 유익한 시간이다. 겉으로 보기에는 볼품없어 보이는 낡은 물건도 감정위원들의 판단에 따라 가격이 책정되는 것이 참 흥미롭다.

우리 동네에도 민속품전시관이 있다. 민속품에 문외한이던 내가 진품명품을 시청하면서부터 민속품에 관심을 갖게 되었다, 참새가 방앗간 앞을 지나치지 못하듯, 전시관 앞을 지날 때마다 그 안을 들여다보는 버릇이 생겼다.

어느 날 전시관을 기웃거리는데, 출입문이 열리더니 "안에 들어오셔서 구경하세요." 중년 남성의 안내를 받았다. 그 남성을 따라 들어갔을 때, 우리 대녀의 남편 K가 앉아있었다.

우리와 같은 아파트에 살고, 같은 성당에 다니는 K는 나와 같은 고향사람으로 자별한 사이다. K는 고서화를 비롯하여 병풍과 도자기를 수집하는 고상한 취미가 있었다. K가 그 남성에게 "사장님, 이 분이 우리 대모님이십니다." 나를 소개했다. 인사를 마친 후, 사장님을 따라 일층에서 삼층까지 오르내리며 눈요기를 실컷 했다.

우수고객인 대녀 남편 덕분에 특별대우를 받은 셈이다. 그날 이후 자연스럽게 전시관을 드나들며 쑥떡이나 도토리묵 등 민속음식을 갖다드리면 고향에서 즐겨먹던 향토음식이라며 사장님이 좋아하셨다. 그곳엔 좋은 물건만 있는 것이 아니었다.

낡고 허름한 물건들도 많았다. 우리 친정에도 그런 물건들이 많다. 놋 주걱, 놋 촛대, 병풍, 화로, 뒤주, 반닫이, 화문석, 다듬잇돌 등 열거하기 어려울 정도로 많다. 어머니 시집올 때 갖고 왔다는 반닫이는 경첩이 떨어졌고, 자개 장식 삼층장은 윤기를 잃은 지 오래되었다. 어머니 젊은 시절엔 반질반질하던 물건들이 모두 윤기를 잃었다.

진열대에 올려있는 도자기 화로가 눈길을 끈다. 친정에 있는 화로와 모양도 색깔도 똑같이 생겼다. 예전엔 안방에서 대우받던 화로가 제삿날 갔을 땐 비 오는 옥상에서 울고 있었다. 그걸 보는 순간 격세지감이 밀려왔다. 사람이든 물건이든 어느 위치에 있느냐에 따라 품격이 다르기 때문이다.

옆집 할머니 이사 가던 날, 버리는 물건이 많았다. '서당 개 삼년이면 풍월 읊는다.'더니 전시관에 드나들며 보고들은 덕분인지 버리는 물건들이 예사롭지 않아 보였다. 전시관 사장님께 "빨리 와서 골라 보세요." 전화했더니 득달같이 달려왔다.

내 실력으로는 도저히 해득할 수 없는 액자는 금강경이라며 불교문학의 귀중한 자료라고 했다. 병풍과 고서화 모두 훌륭한 선생님들 작품이라며 소중히 다루었다. 쓰레기로 처리될 뻔했던 고물들이 보물로 승격되는 순간이었다. 횡재를 했다며 싱글벙글 사장님 입이 귀에 걸렸다.

전시관으로 빨리 오라는 연락을 받았다. 도자기 코너로 나를 안내한 사장님이 "여기서 갖고 싶은 것 골라보라."고 했다. 얼떨떨한 기분으로 멍하니 서있는데 "내 맘대로 고를 수밖에." 하더니 용 그림이 있는 청화백자를 꺼내놓았다. 그 다음엔 날개를 활짝 펴고 날아가는 학을 부각한 백자항아리를 꺼냈다. 그리고 난 그림이 있는 화병도 하나 주셨다. 과분한 선물이라 사양했지만, 성의를 무시한다며 화를 내는 바람에 거절할 수 없었다.

우리 동네 만물박사가 우리 집에 왔다. 너무너무 아는 체를 하는 바람에 동네사람들이 만물박사라 부르는 아줌마다. 이 아줌마 명색은 도자기 구경하러 왔다지만, 아는 체 좀 하려고 온 게 분명하다. 청화백자를 요리조리 만져보고 들여다보더니 '족보 있고,

여의주 물었고, 발톱은 하늘로 뻗쳤고!' 고개를 까딱거리며 진품이 분명하니 간수 잘하라고 당부했다. 그러거나 말거나 별 관심없이 문갑 위에 진열해 놓았다.

남편이 돌아가시고 살림을 정리하면서 도자기도 정리하고 싶었다. 돈을 주고 산 것도 아니고 거저 받은 물건 주인에게 돌려주고 싶었다. 행여 파손될까 조심스러워 전시관에 연락했다. 사장님은 사양했지만, 결국 내 뜻을 받아주셨다. 벅찬 답례에 부담스러웠는데, 마음의 빚을 갚고 나니 홀가분했다.

도자기들이 전시관으로 돌아간 지 벌써 7년 세월이 흘렀다. 그동안 그 도자기들을 잊고 있었다. 그런데 이번 진품명품 시간에 싱숭생숭했다. 우리 집에 있던 청화백자와 그림도 모양도 색깔도 크기까지 똑같은 도자기가 등장했다. 감정위원의 설명을 들으며 가슴이 콩닥거렸다. 족보 있고, 여의주를 물고, 발톱은 하늘로 뻗친 진품이라던 만물박사의 말을 건성으로 들은 걸 후회했다. 추정 감정가가 상상 외로 높았기 때문이다.

사람의 마음이 이렇게 간사할 줄이야! 내 물건이 아닌데, 진품이든 명품이든 상관없지 않은가! 저절로 굴러들어온 복을 차버리고 이제 와서 후회하다니! 잠시 잠깐 허황된 꿈을 꾼 자신이 부끄러웠다.

자랑스러운 임산부

요즘 '다둥이 행복카드'라는 카드가 출시되었다. 만 13세 이하의 자녀를 둘 이상 둔 시민이면 누구나 신청할 수 있는 카드다. 이 카드를 소지한 사람에게 금융기관에서는 대출금리와 수수료를 우대하고, 서비스업체에서는 이미용 요금과 목욕요금을 할인한다. 문구와 도서 부분에서도 할인과 포인트 점수를 적립해 주고, 대형마트에서는 육아용품과 의류와 식품을 할인해 준다. 영화와 연극공연 관람료, 시립문화시설 입장료를 면제해 주고 유치원 보육비까지 보조받는다.

그야말로 신세대 부부들에게 대박이 터진 셈이다. 우리네 젊은 시절엔 좁은 국토에 인구가 많다며 가족계획을 권장했다. 60년대엔 〈덮어놓고 낳다보면 거지꼴 못 면한다〉 70년대엔 〈딸 아들 구

별 말고 둘만 낳아 잘 기르자〉 80년대엔 〈잘 기른 딸 하나, 열 아들 안 부럽다〉라는 구호를 걸어놓고 산아제한을 강조했다.

예비군훈련장은 물론 젊은 남자들 모이는 곳마다 피임강의를 하던 때가 엊그제 같은데, 아기 좀 제발 많이 낳아달라고 혜택을 주는 시대가 되었다.

세계에서 출산율이 가장 저조하다는 우리나라 대한민국. 우리 동네 방학3동 주민센터 앞에는 출산을 장려하는 대리석 조형물이 생겼다. 불룩 나온 배를 쓰다듬고 있는 여인상에 '성스러운 그대의 모습은 온 겨레의 표상이요.'라는 글이 새겨져 있다. 바로 옆 그네를 타고 있는 남매의 석상에는 '엄마, 동생 낳아주어서 고마워요.'라는 글귀가 있다.

이 조형물은 출산율이 저조한 것을 염려한 독지가가 기증한 것이다. 우리들 자랄 때만 하더라도 '저 먹을 것은 타고 태어난다.'고 임신되는 대로 무조건 낳았다. 궁색한 집안에 자식을 줄줄이 두었어도 '자식농사 잘 지었다.'고 기뻐했다.

십일 남매를 출산한 어머니의 장남인 우리 남편은 절대로 자식을 많이 낳지 않겠다고 고집했다. 자식들 건사하느라 고생한 부모님처럼 살고 싶지 않다고 했다.

우리 큰아들 두 돌 되었을 때, 남편이 피임 계획을 밝혔다. 딸 하나만 더 낳고 싶었는데, 단산될 불안감에 속임수를 썼다. '산부인과에 갔더니 임신이라.' 하더라고 거짓말하여 둘째를 임신하게 되었다. 그렇게 하여 아들 하나를 더 낳았다.

지금은 잉태되는 대로 무조건 낳는 부부는 없다. 가끔 여러 남매를 둔 가정이 소개되지만, 극소수에 불과하다. 누구나 잉태의 축복을 받는 건 아니다. 아기를 갖고 싶어 애를 태우는 불임부부들을 보며 창조주의 섭리가 공평치 않음에 안타까울 때도 있다.

농촌 학교가 폐교되고, 산부인과가 폐업할 정도로 출산율이 저조해졌다. 우리 시댁 동네에도 유치원에 다니는 아이는 우리 조카 딱 한 사람 뿐이다. 그 아이 하나를 데리러 유치원차가 드나드는 심각한 현실을 보며 삭막한 농촌의 미래를 상상해본다.

텔레비전방송에서 희한한 프로를 보았다. 몸매가 아름다운 임산부를 뽑는 대회였는데, 보기에 민망한 장면들이 연출되었다. 배가 남산만 한 배불뚝이들이 뒤뚱거리며 무대 위로 올라가더니 상의를 완전히 벗어버렸다. 어떤 대회든 이기고 싶은 욕망은 인간의 본능인가 보다.

그러나 지나친 노출로 인하여 여성의 아름다움을 상실하는 것 같아 눈살이 찌푸려졌다. 아랫도리는 입었으나 상체(上體)엔 실오라기 하나 걸치지 않은 알몸으로 젖가슴은 물론 배꼽까지 드러내놓고 부끄러워하지 않았다. 부끄러워하기는커녕 요리조리 포즈를 취하느라 여념이 없었다. 더 볼썽사나운 것은 심사위원들 보는 앞에서 남편과 포옹하는가 하면 탈락되었다고 엉엉 우는 장면이었다.

너무 보기 민망하여 채널을 돌렸더니 이럴 수가! 다른 방송에도 임산부를 다루는 내용이었다. 임산부들에게 무료사진을 찍어주는 이벤트였다. 맹꽁이처럼 불룩 나온 복부를 무얼 하려고 찍을까?

우리네 젊은 시절과 대조적이었다. 그땐 왜 그렇게 부끄러웠는지. 임신한 걸 남이 알세라 무명천으로 복부를 칭칭 감고 다녔다. 아무리 시대가 변했기로 젊은 사진사 앞에서 알몸을 보이며 부끄러워하지 않는 모습을 보며 묘한 기분이었다.

시대를 잘 만난 복덩이들이라 부럽기도 했지만, 지나친 노출로 지켜야 할 아름다움을 망각하는 건 아닌지 조심스러웠다.

친구의 영정사진

수채화 같은 코스모스 꽃길을 바라본다. 키만 껑쩡 크고 줄기마저 가느다란 코스모스가 바람에 살랑거린다. 금방 쓰러질 것 같으면서도 쓰러지지 않는 강인함을 보며 혼자라면 거센 비바람을 견딜 수 있었을까? 곁에 있는 친구들을 의지했기에 지탱할 수 있었으리라.

감정표현을 못하는 식물도 서로 의지하며 살아가는데, 먼 길 떠나는 벗을 위해 나는 무얼 했던가! 자궁암 수술을 받고 회복되었던 소꿉친구. 덤으로 얻은 제2의 인생을 알차게 보내겠다던 친구가 다시 입원했다는 소식을 듣고 찾아갔을 때, 수척해진 몰골을 보고 가슴 아팠다. 초췌한 몰골을 보이지 않으려고 돌아눕던 친구의 눈가에 이슬이 맺혔다.

항암치료를 받으며 입맛을 잃은 모습이 안쓰러웠다. "제일 먹고 싶은 게 뭐야?" 물었더니 "도토리묵." 들릴 듯 말 듯 힘없이 말했다. "지금 사다 줄까?" 내 물음에 고개를 저으며 "시장에서 파는 건 맛이 없어. 네가 해준 묵이 맛있어." 느리게 말했다.

도토리는 늦가을에 떨어지는 것일수록 끈기 있고 맛이 있다. 그렇다고 늦가을까지 기다릴 수 없는 일, 무슨 수를 쓰든 간에 빨리 도토리묵을 만들어야 할 상황이었다. 우리 동네 뒷산에 도토리나무가 많다. 매미가 우는 여름부터 도토리가 떨어지기 시작한다. 추석 전에 떨어지는 도토리를 칠월도토리라고 부른다.

마침 칠월도토리가 떨어지기 시작했다. 숲속이라 다리가 길고 까만 모기떼들이 날아다녔다. 긴 바지에 긴 소매 옷을 입었건만, 극성스럽게 달려드는 모기떼들을 피할 도리가 없다. 앵앵거리며 따라다니는 모기떼를 수건으로 쫓아가며 도토리를 주웠다. 매미들 합창에 낭만을 즐기며 줍던 때와는 달리 귀중한 약을 구하듯 한 톨 한 톨 정성껏 주웠다. '쫄깃하게 쑤어 빨리 갖다 줘야지.' 병상의 친구를 생각하며 부지런히 주웠다.

동갑이지만 병약했던 친구의 집에 갈 때마다 나는 반찬을 만들어가지고 다녔다. 김치를 담가가지고 갈 때도 있고 멸치볶음이랑 콩장도 만들어 가지고 갔다. 텃밭에서 뽑은 도라지나물을 가지고 가면 '시장에서 산 도라지와 확실히 다르다.'며 좋아했다.

작년 가을 도토리묵 만들어 갔을 때 "우리 친정엄마가 만든 것 같다."며 좋아했다.

내가 만든 음식이라면 무엇이든 좋아하던 친구를 생각하며 도토리를 주웠다. 집에 도착하자마자 도토리 껍데기를 벗겼다. 볕에 널어놓으면 저절로 벗겨지지만, 그때까지 기다릴 여유가 없었다. 단단한 껍데기를 억지로 벗겼더니 손톱이 욱신거렸다.

땅거미 지는 어스름 저녁 때 전화벨이 울렸다. 방금 전에 운명했다는 슬픈 소식이었다. 하루 종일 모기에게 물려가며 도토리를 주운 일이 헛수고가 되었다. 언젠가는 이런 날이 오리라 짐작했지만 이렇게 빨리 올 줄 몰랐다. 다른 사람이 세상을 떠났을 때는 이토록 가슴이 아프지 않았는데, 왜 이렇게 아플까?

무엇이 그리 급해서 그새를 못 참고 떠났는지 아쉬워하며 영안실로 들어서니 영정 속의 친구가 미소로 맞아주었다. 하얀 국화 속에 묻혀있는 영정은 처음 보는 사진이었다.

의아한 표정으로 바라보는 내게 상주(喪主)인 아들이 "입원 중에 찍은 사진이에요." 귀띔해 주었다. 초상집에 영정이 없으면 초라해 보인다며 출장 촬영을 부탁했다고 한다. 몽땅 빠져버린 머리를 가발로 가리고 미소를 짓고 있는 사진.

영정을 준비하고 자식들에게 재산분배까지 마쳤다는 이야기를 들으며 목이 메었다. 남편이 재혼할 경우를 감안하여 정신을 잃기 전에 자식들 몫을 분배했다고 한다.

아무도 대신할 수 없는 죽음을 준비하며 얼마나 울었을까. 차근차근 준비했건만 한 가지 준비하지 못한 게 있었다. 초상집에 곡소리가 없었다. 마누라 죽으면 화장실에 가서 웃는다더니, 애처가로 소문난 남편도 눈물을 보이지 않았다.

오랜 뒷바라지에 지쳤는지 아들 며느리도 울지 않는다. '딸이 있어야 울어준다는데, 너나 내나 못난 딸자식 하나 없으니 우리 죽으면 누가 울어주지?' 친구의 농담이 진담이 되었다. 삼일장 마지막 길에 가랑비가 내린다. 울어주는 사람 없다고 하늘이 대신 울었다.

영정 속의 그녀는 웃고 있는데 나는 왜 이렇게 눈물이 날까? 추적추적 내리는 비를 바라보며 함께 했던 순간들이 파노라마처럼 스쳐간다.

과도한 친절

용무가 있어 주민센터에 가는데, 꼬부랑 할머니와 택시 운전사가 실랑이를 벌이고 있었다. "여기도 아니고 저기도 아니면 절더러 어떡하란 말씀이세요." 짜증 섞인 운전사의 말에 "분명히 여학교 옆댕인디."라며 할머니가 두리번거렸다.

우리 고향 충청도 사투리에 이끌려 "할머니, 어디를 찾으시는데요?" 하고 여쭈었더니 "우리 아들네가 이 학교 옆 이층집인디."라고 했다. 서울에서 김 서방 찾는 격이지, 여학교 담 옆에 2층집이 어디 한두 집인가.

바로 옆에 정의여자고등학교가 있다. 우리 친정어머니도 서울 오시면 저 할머니처럼 딸네 집을 못 찾을 수 있을 것 같았다. 그래서 "할머니, 일단 내려 보세요. 제가 도와드릴게요." 택시 운전사는 구세주를 만났다는 듯 "아주머니, 감사합니다." 하며 할머니의 짐을 꺼내 놓았다. 보따리가 하도 많아 난감한 표정으로 바라보는 내게 "그럼 수고 좀 하슈." 한 마디 던지고 택시 운전사는 떠나버렸다.

충청도 서산에서 오셨다는 할머니의 보따리는 한두 개가 아니었다. 이 많은 보따리를 혼자 어떻게 올리고 내렸을까? 이 보따리들을 어떻게 들고 다녀야 하나? 고심하는데 단골 세탁소 아저씨가 "무슨 일이냐?"고 물었다. 세탁소 아저씨는 나와 같은 고향사람이다.

자초지종을 들은 아저씨는 "고향 양반인데 도와 드리자."며 자전거에 짐을 실었다. 그런데 라면상자 크기의 종이상자만은 할머니가 직접 들겠다고 고집하셨다. 다른 사람은 손도 못 대게 하는 걸 보면 중요한 물건으로 여기며 할머니의 걸음새를 대중했다. 가뿐가뿐 걷는 모습을 보아 무거운 물건이 아니라는 걸 알았다.

영감님하고 아들네 왔을 때 약수터에 다녔다는 기억을 되살려 드리기 위해 정의여고 정문 앞으로 갔다. 학교 담 옆에 있는 2층 집을 가리키며 "아들네가 저런 이층집이에요?" 여쭈었더니 고개를 가로저었다. 한 시간이 넘도록 아들네를 찾지 못하는 걸 본 세탁소 아저씨가 바쁘다면서 학교 앞 문방구에 짐을 맡겨놓고 가버렸다.

두 시간이 넘도록 땡볕을 돌아다녔더니 배도 고프고 얼굴이 따끔거렸다. 가던 길을 다시 가보고 정의여고 담 옆에 있는 이층집이란 이층집은 모두 둘러보았다. 고개도 아프고 다리가 천근만근 무거웠다.

동네 사람들이 그만 파출소에 모셔다드리라고 했지만, 할머니의 아들네를 꼭 찾아드리고 싶었다. 다시 정의여고 정문 앞을 지날 때였다. 젊은 아기엄마가 "저 할머니 우리 위층 할머니 아녜요? 아까 따님이 마중 갔다 오던데." 하며 다세대주택 안으로 들어갔다. 곧이어 젊은 여성이 내려오며 "어머니, 서울 역에서 기다리라고 했는데, 혼자 오시면 어떡해요." 화난 음성으로 말했다.

처음부터 다세대주택이라고 했더라면 쉽게 찾았을 텐데, 자꾸 이층집이라고 고집하는 바람에 고생을 했다. 배도 고프고 다리가 아파 할머니의 딸에게 보따리 맡겨놓은 문방구를 가르쳐주고 집으로 돌아왔다.

늦은 점심을 먹고 있는데, 전화벨이 울렸다. 전화를 건 사람은 세탁소 아저씨였다. 할머니가 세탁소로 찾아와서 '몇 시간 동안 졸졸 따라댕기는 게 수상하더니 제일 비싼 찹쌀과 고기보따리 훔쳐간 도둑년이라.'고 울고불고 야단이라고 했다.

점심을 먹다 말고 뛰어가보았더니 할머니 혼자 보따리를 정리하고 있었다. "할머니, 무슨 보따리를 훔쳐갔다고 그러세요?" 했다. "아이고~ 미안혀~우리 딸이 보따리를 찾아 온 걸 모르구 잘못 혔어." 했다. "고맙다고는 못할망정 도둑년이라니요?" 음성이

격해졌다. "미안혀. 미안혀. 내가 잘못혔어." 그렇게 애지중지 들고 다니던 상자에서 강정을 꺼내고 있는 할머니가 괘씸했다. 보답을 바란 건 아니다. 그러나 '날도 더운데 물이라도 마시고 가라.'는 인사도 없이 도둑년이라 몰아세운 걸 생각하니 섭섭했다.

허탈한 마음으로 돌아와 신문을 보는데, 특종기사가 눈에 띄었다. 우주비행에 동행했던 벌과 나비에 대한 이야기였다. 곤충이 우주에서 적응할 수 있을까? 실험하기 위해 벌과 나비를 데리고 갔다고 한다. 벌은 잠시도 가만있지 않고 발발거리고 날아다니는 바람에 죽어버렸고, 나비는 얌전히 앉아 있다가 무사히 귀환했다는 내용이었다.

그 신문기사의 벌은 나를 비유한 것 같았다. 주민센터에서 용무만 보고 돌아왔으면 이런 오해 받지 않았을 텐데. 넘치면 부족함 만 못한다더니 고생한 보람도 없이 오해까지 받고 보니 마음이 편치 않았다.

*4*부

어머니의 홍시

탄생의 신비

우리는 강북에 살고, 아들네는 강남에 사는 관계로 임신 중인 며느리를 제대로 챙겨주지 못했다. 예정일보다 빨리 산부인과에 입원했다는 연락을 받고 출발하려는데, 벌써 출산했다는 소식이 날아왔다.

아기와 산모는 간호사가 도와주니 퇴원할 때 오시는 게 좋겠다는 소식을 들었다. 손자 얼굴을 빨리 보고 싶은데, 퇴원할 때까지 꾹 참고 기다렸다.

퇴원하는 날 병원에 도착했을 때, 병원이 떠나가도록 울어대는 아기가 있었다. 누구네 아기가 저렇게 울까? 잠시 후 간호사가 아기를 안고 들어오며 "이렇게 목청 큰 아기는 처음 보았어요." 하는 게 아닌가. 조금 전에 요란하게 울던 아기가 바로 우리 손자

녀석일 줄이야. 밤새 아기가 울어 산모는 한숨도 못 잤다고 했다.

첫아들을 순산한 며느리에게 "수고했다." 그 말밖에 할 말이 없었다. 그때 며칠 동안 전국에 천둥번개와 폭우가 쏟아졌다. 마치 하늘 밑이 빠진 것처럼 날마다 폭우가 쏟아졌는데, 우리 아기 태어나던 날은 하루 종일 햇빛이 쨍쨍 비쳤다. 정말이지 하늘이 내린 축복이었다. 며칠 동안 산고를 겪는 산모도 있는데, 순산했으니 이보다 더 큰 축복은 없다.

꼬물거리는 손자 손을 잡아보며 내가 첫아기 출산하던 일이 떠오른다. 그때 임신 초기부터 입덧이 심했다. 시동생들과 함께 지내며 내색도 못하고 마음대로 눕지도 못했다. 구 남매의 장남인 남편은 내가 임신한 것을 달가워하지 않았다. 자기 동생들 뒷바라지 하려면 아기를 늦게 낳아야 한다고 고집했다.

출산 예정일이 다가왔을 때, 그 때도 전국에 폭우가 쏟아졌다. 전국 곳곳에 물난리가 날 정도로 계속 비가 내렸다. 다행히 우리 동네는 무사했지만, 지하실에 있는 연탄 창고에 물이 들었다. 곤죽이 된 연탄을 담아내고 청소하느라 내 다리가 퉁퉁 부었다. 치료를 받고 부기는 빠졌는데, 의사 선생님께서 진통이 시작되면 빨리 연락하라고 신신당부했다.

우리 집 앞에 약국이 있었는데, 그 약국의 약사는 출산 경험이 있는 아기 엄마였다. 그 약사는 친절하게 자기의 경험담을 들려주며 '만약에 의사가 역산(逆産)이라 하더라도 침착하라.'고 당부했다. 그런 이야기를 들은 며칠 후 진통이 시작되었다.

시골에서 시어머님이 올라오셨는데, 농번기에 일하다 오신 어머님은 매일 잠만 주무셨다. 끼니마다 무거운 밥상을 들어 나르는데, 어머니 눈치 보느라 효자 남편은 밥상도 들어주지 않았다.

어머니 오신 닷새 후, 도저히 아침밥을 지을 수 없었다. 고통스러워하는 내게 어머니는 "하늘이 완전히 노랗게 보여야 애가 나오는 법이란다." 하시며 방으로 들어가셨다. 더 이상 견딜 수 없는 지경에 이르렀다. 어쩔 수 없이 허리를 바짝 구부린 채 방으로 기어들어갔다. 남편이 병원에 가야한다고 서두르자 어머니께서 "때가 되면 다 나오게 마련이니 너는 얼른 출근하라."고 다그쳤다.

어머니 말씀 어기지 못하는 효자는 출근하고, 어머니는 산고를 겪는 방문을 열어보지도 않았다. 재봉틀 다리를 붙잡고 안간힘을 쓰다가 무서운 생각이 들었다. '이러다가 친정 부모님도

못보고 죽는 것 아닌가.' 두려웠다. 앞집 약사의 연락을 받고 도착한 남편의 주선으로 의사 선생님이 왕진 오셨다.

산모와 아기가 한꺼번에 죽을 뻔했다는 의사의 말을 들으며 얼마나 울었는지 모른다. 의사선생님이 "아기가 거꾸로 있는 걸 알았기에 진통이 오면 빨리 연락하라 했는데, 이렇게 무심할 수 있느냐?"며 남편을 나무랐다. 아기가 다리를 뻗칠 경우 산모도 아기도 무사할 수 없는 난산이었다.

십일 남매를 출산한 시어머니는 밭을 매다가 낳고, 방아 찧다가 낳고, 밤에 자다 낳았어도 탈 없이 잘 자랐다는 말씀만 하셨다. 호강스럽게 의사 모셔다가 출산하는 며느리가 부럽다는 뜻이리라.

입덧할 때 먹고 싶은 것 못 먹으면 짝짝이 눈을 낳는다는 말이 있다. 태아가 엄마의 영양분을 섭취하기 때문에 임산부에게 잘해주라는 뜻이다. 내가 입덧할 때 제대로 먹지 못했기에 며느리 입덧할 땐 잘 해주고 싶었는데, 가까이 있지 못하여 제대로 챙겨주지 못했다. 다행히 좋은 날 좋은 시에 순산하였으니 그보다 더 큰 축복은 없다.

엄마 품에 고이 잠든 아기를 보며 새 생명의 탄생이 신비스러울 뿐이다.

텃밭 가꾸는 재미

열무김치 담그며 행복했다. 김치에 들어가는 재료 모두 내 손으로 가꾸었기 때문이다. 내 꿈은 대단한 것이 아니었다. 가족이 먹을 상추라도 가꾸고 싶은 소박한 꿈이었다. 서울 한복판에서 그 꿈을 이루기는 쉽지 않았다.

동숭동에서 살 때, 우리 큰아들은 초등학생이었다. 여름방학 때 식물의 성장과정을 그림으로 그리는 숙제가 있었다. 좁은 마당이지만, 아들의 숙제를 위해 호박을 심고 강낭콩도 심었다. 담장 위로 올라가는 호박넝쿨을 보며 수꽃과 암꽃의 다른 점과, 강낭콩꽃의 색깔과 여무는 과정을 보여주었다.

동숭동에서 쌍문동으로 이사했을 때, 마당이 넓고 햇볕도 잘 들었다. 화단에 심어놓은 상추도 잘 자라고 담장에 올린 호박넝

쿨도 열매를 잘 맺었다. 별것 아니지만 직접 가꾼 상추와 호박을 먹을 수 있어 행복했었다.

마당 넓은 단독주택에 살다가 방학동에 있는 아파트로 이사를 했다. 아파트 주변에 자연부락이 있는데, 밭도 있고 논도 있었다. 예전부터 대대로 거주하는 토박이들이 농사를 짓고 있었다. 나는 농사를 짓는 사람들이 부러웠다. 그러던 어느 날 그렇게 바라던 꿈이 이루어졌다.

집에서 도보로 5분도 안 걸리는 거리에 과수원이 있는데 바쁜 일손을 도와드린 덕분에 친숙한 사이가 되었다. 일을 도와드리고 원두막에서 먹는 점심은 그야말로 꿀맛이었다. 오이, 호박, 상추 등 신선한 채소를 맛본 후부터 욕심이 생겼다.

과수원에는 묵혀 둔 땅이 많았다. 인건비는 비싸고 일손은 부족하기 때문이었다. 땅을 묵힐지언정 남에게 선뜻 내어주는 사람은 없으리라. 망설이고 망설이다가 용기를 내어 의향을 말씀드렸더니 흔쾌히 허락하셨다.

내 키보다 더 큰 나무와 잡초들이 우거져있는 황무지였지만, 옥토로 만들 각오로 열심히 일했다. 풀뿌리를 걷어내고 돌을 고르느라 손가락에 물집이 생겼다. 상처가 쓰리고 아팠지만, 아랑곳하지 않았다.

고랑을 치는 요령이며 씨앗 뿌리는 방법 등 차근차근 배웠다. 가장 중요한 것은 거름을 선택하는 일이었다. 비료를 주면 수월

하지만 비용이 많이 들고 건강에 도움이 되지 않는다.

무공해 채소를 가꾸기 위해 한의원에서 한약 찌꺼기를 얻어왔다. 무엇을 심을 것인가 고심하다가 파, 상추, 쑥갓, 들깨, 아욱, 열무, 배추 골고루 심었다. 고추도 심고, 가지도 심고, 토마토도 심었다. 백만장자가 된 기분이었다.

씨앗을 뿌리고 약 일 주일쯤 되었을 때, 새싹이 올라오기 시작했다. 그 때부터 비둘기와 신경전이 벌어졌다. 망을 덮어놓았어도 그 위에 올라앉아 망 사이사이로 쪼아 먹었다. 여린 잎사귀가 연두색에서 초록으로 바뀌었을 때, 비로소 비둘기의 눈독에서 벗어날 수 있었다.

비둘기의 눈독에서 해방되어 안심할 때쯤 열무와 배춧잎에 구멍이 뚫리기 시작했다. 다른 채소보다 유난히 열무와 배춧잎에 벌레 구멍이 숭숭 뚫렸다.

농약을 주면 건강에 해롭고 그대로 두자니 벌레가 먹다 남은 못난이만 먹어야 하고. 궁리 끝에 벌레를 잡는 수밖에 없다. 그 전엔 벌레를 만지기는커녕 보기만 해도 소름이 끼쳤는데, 꿈틀거리는 지렁이를 만지면서도 징그럽지 않았다. 오히려 미생물이 풍부한 땅에서 자란 채소를 먹을 수 있다는 생각에 흐뭇했다.

벌레 잡는 걸 보고 남들은 '얼마나 오래 살려고 저러느냐?' 또 어떤 이들은 '저 집 채소는 주인 잘 만나 호강한다.'고 놀렸다.그러거나 말거나 한 귀로 듣고 흘려버리며 매일매일 벌레를 잡았다. 김매랴, 거름 주랴, 벌레 잡으랴 허리가 아프고 오금이 저렸지만, 무공해 채소를 먹을 생각에 힘든 줄 몰랐다.

그러던 어느 날 환경교실에서 쌀뜨물로 효소 만드는 방법을 배웠다. 쌀뜨물에 EM 원액을 배합하여 숙성시킨 효소를 뿌려주었더니 벌레도 없고 싱싱하게 잘 자랐다.

밤사이 얼마나 자랐나? 어린 자식 돌보듯 과일 껍질이나 쌀뜨물 들고 가서 묻어주며 '잘 자라라'고 속삭여 주었다. 흙은 거짓말을 하지 않는다. 씨앗을 뿌려놓았다고 저절로 자라는 것은 아니다. 김을 매 주고 물도 주어야 한다.

통통하게 살이 오른 열무를 뽑았다. 그 열무로 김치 담그는 기분 어떻게 표현할까? 너무 연해서 다듬을 때도 조심조심, 절일 때도 조심조심, 헹굴 때도 조심조심했다. 풋고추 숭덩숭덩 썰어 넣고, 식혀놓은 풀 국에 파, 마늘, 생강 넣고 풋내 날까 살랑살랑 버무렸다.

김치를 담그다 말고 이웃들을 초대했다. 간을 보아 달라 했지만, 사실은 비비꼬아댄 그들에게 자랑하고 싶어서다. 좁은 우리 식탁이 풍성해졌다. 구수한 된장 뚝배기 보글보글 열무김치에 상추, 쑥갓, 미나리 모두 넣어 비빔밥 만들었다. 바로 이 맛이야! 이웃들 찬사에 노고를 잊는다.

특별한 상금

늦은 시간에 친구의 전화를 받았다. 평화통일자문회 주최 글짓기 공모전에 참가하라는 소식이었다. 정보를 진작 알았더라면 좋았을 텐데, 시일이 너무 촉박했다. 원고제출 마감일이 바로 다음날이었기 때문이다.

다음날은 돌아가신 시아버님 기일이라 매우 바쁘다. 전화를 받고 있는 내게 남편은 손으로 계속 X 표시를 했다. 제사준비 할 맏며느리가 엉뚱한 신경을 쓰는 것이 못마땅하다는 뜻이리라.

일제강점기를 겪고 6.25전쟁을 겪었기에 꼭 참가하고 싶었다. 요즘 대학생들이 일본대사관 앞에서 일제만행을 규탄하지만, 일제강점기를 겪은 우리들보다 경험이 부족하다. 직접 겪어보지 않은 신세대들은 반공정신이 투철하지 못하다.

6.25전쟁 당시 내 나이 일곱 살이었다. 캄캄한 밤중에 우리는 할머니댁이 있는 진죽으로 피난을 갔다. 철교를 건널 때, 쾅쾅 울리는 대포소리와 철교 아래 흐르는 물소리가 무서워 울면서 건너던 생각을 하면 아직도 소름이 끼친다.

밥을 먹다가도 총소리만 들리면 방공호로 숨으며 피난살이를 했다. 정전이 되어 돌아왔을 때, 대천 시내는 완전히 폐허가 되었다. 해수욕장이 있고 광산이 있어 다른 지역보다 발전했던 대천은 폭격으로 엉망이었다.

삶의 현장은 치열했다. 우리 가족은 무사히 돌아왔지만, 전쟁통에 고아가 된 어린이들이 깡통 들고 동냥 다니고 농협창고 앞에서 곡식을 줍는 아이들도 있었다. 무너진 건물 더미에서 널빤지를 줍는 사람, 고철이나 구리철사를 줍는 사람 각양각색이었다. 그러한 참상을 보면서 전쟁의 참혹함을 절실히 느꼈다. 벌써 60년 세월이 훌쩍 지났지만, 아직도 엊그제 일처럼 생생하다.

우리의 소원은 통일이지만, 아직도 전쟁준비를 하고 있는 북한을 보면서 마음 편할 날이 없다. 남북이 통일되어 마음 편히 살 수 있는 날이 빨리 오기를 바라는 마음으로 실제로 겪은 일을 적어 보았다.

밤새 쓴 원고를 마감시간 전에 제출하고 아버님 제사에 차질 없도록 만반의 준비를 갖추었다. 그렇게 급하게 원고를 제출하고 한 달이 지났을 때, 기다리고 기다리던 소식을 받았다. 공모전에 제출한 내 글이 당선되었다는 기쁜 소식이었다. 참가상만 받아도 기쁜 일인데, 산문부 대상이었다. 부족한 내 글이 대상에 선정되었다는 사실이 기뻤다. 이 기쁜 소식을 제일 먼저 남편에게 전했다. 응모할 때, X 표시를 했기 때문이다.

텃밭에서 돌아왔을 때, 남편이 꽃다발을 내밀었다. 상상도 못한 일이다. 엉겁결에 꽃다발을 받으며 감동하는데 〈대상을 축하합니다〉라고 씌어있는 봉투를 내밀었다. 정말이지 이런 일은 처음 있는 일이다. "와! 오래 살고 볼일이네." 농담하며 봉투 안을 들여다보았다. 신사임당 그림이 있는 오만 원 권이 다섯 장이나 들어있었다.

여러 분야에서 상을 탈 때마다 상금을 받았다. 그동안 받은 상금 중에 제일 작은 액수였지만, 가장 값진 상금이었다. 남편이 준 특별한 상금이기 때문이다.

품앗이의 연결고리

예전에는 대중목욕탕에서 목욕을 하며 서로 등을 밀어주었다. 안면이 없는 사람이라도 허물없이 등을 밀어주었다. 그러나 요즘은 잘 아는 사람끼리도 등 밀어주는 걸 꺼린다. 아니 아예 부탁을 하지 않는다. 자주 샤워하고 목욕도 자주 하기 때문이다. 서로 등을 밀어주며 담소를 나누던 정다운 모습은 이제 찾아보기 어렵다.

나 역시 길이가 긴 샤워타월로 등을 닦다보니 자연스럽게 혼자 목욕하는 것이 익숙해졌다. 대중목욕탕에 가면 동네 사람들을 만날 수 있다. 동네 사람을 만날 경우 멀찌감치 떨어져 앉는다. 나보다 젊은 사람이면 못 본 척해도 되지만, 연세 높은 어르신들에게는 그럴 수 없다. 먼저 다가가서 “목욕 오셨어요? 등 밀어 드릴까요?” 하면 “미안해서 어쩌나~” 말씀은 그렇게 하면서도 자연스럽게 등을 내민다. 모르는 할머니라도 혼자 오신 걸 보면 모른 척할 수가 없다. "할머니, 등 밀어드릴까요?" "아유 고마우셔라." 진심으로 고마워하는 할머니의 등을 밀어드린다. "제가 할머니 등 밀어드리면 우리 어머니 등 밀어주는 사람이 있을 거예요." "그럼! 그럼! 그게 바로 품앗이여."

할머니들 등을 밀어드리며 시골에 계신 어머니를 생각한다. 가까운 거리라면 목욕도 같이 다니고 보살펴 드리련만, 멀리 충청도에 계신 어머니를 생각하며 노인들 등을 밀어드린다. 다행히 가까이 사는 동생이 보살펴드리지만, 혼자 목욕하러 오시는 노인들을 보면 어머니 생각이 난다. 할머니가 돌아앉으며 "자! 이제 내가 갚을 차례야." 하셨다. "저는 아까 다 씻었는데요." 차마 연로하신 할머니에게 등을 내밀 수 없어 거짓말을 했다.

내가 베푼 작은 사랑이 어머니에게 베풀어지기를 바라며 혼자 목욕하는 할머니를 보면 도와드린다. 이런 일도 내 손이 성하기에 할 수 있는 것이다. 손에 땀이 날 때가 행복한 때라던 어머니 말씀이 귓전을 맴돈다. 손에 땀이 나지 않는 것은 인생의 종착역에 다다랐다는 뜻이라고, 그렇듯 땀은 젊음의 상징이었다.

그렇게 바라던 품앗이를 내가 받게 되었다. 산에서 내려오다가 넘어지는 바람에 인대가 파열되어 한 달 동안 깁스를 하고 지냈다. 깁스를 풀 때까지 목욕을 할 수 없었다. 더운 여름이 아니어서 다행이었지만, 깁스를 풀기만을 기다렸다. 마음대로 걸을 수 없는 불편도 불편이지만 그보다 가려운 걸 견뎌야 했다.

드디어 깁스를 풀게 되었다. 의사 선생님이 '깁스를 풀었어도 완전히 나을 때까지 목발을 짚고 다녀야 한다.'고 했다. 그러나 목욕은 해도 된다기에 돌아오는 즉시 목욕탕에 갔다. 목발을 짚고 나타난 내게 지인들이 '그동안 고생 많이 했다.'며 씻겨주었다. 평소에는 남의 손을 빌리지 않았지만, 어쩔 수 없이 그 날만은 지인들의 도움으로 목욕을 했다.

고향에서 밭을 매고, 모를 심고, 벼를 베고, 김장할 때 동네 사람들이 서로 도왔다. 우리 자랄 때만 하더라도 그렇게 품앗이하는 걸 당연하게 여겼는데, 이 시대의 젊은이들은 품앗이라는 단어조차 모르는 사람들이 많다.

단독주택에 살 때 일이다. 흙바닥인 골목길이 비 오는 날엔 빗길에 패여 울퉁불퉁했다. 어느 날 도로변에 깔았던 보도블록을 교체하는 걸 보고 동사무소에 가서 헌 보도블록을 활용하고 싶다고 했더니 우리 동네 골목 입구까지 운반해 주었다. 이웃 모두 협동하여 보도블록으로 깔끔하게 단장하고 막걸리 파티를 열었다.

요즘 새로운 바람이 불고 있다. 품앗이 찬방, 품앗이 공부방, 품앗이 아기 방이 생겼다. 물품을 공동으로 구매하여 저렴한 비용으로 반찬 만들고, 시간을 할애하여 아이들 공부를 지도하고, 아기 엄마들끼리 돌아가며 아기를 보아주는 일이다. 품앗이 하는 젊은이들에게 찬사를 보낸다.

참고 기다린 덕분에

하루의 시작은 아침부터, 일 주일의 시작은 월요일부터, 일 년의 시작은 정월부터 이루어진다. 아침에 기분이 나쁘면 온종일 우울하고, 월요일에 언짢은 일이 있으면 일 주일 동안 찜찜하고, 정초에 불길한 일이 있으면 일 년 내내 불안하다.

남의 집에 방문할 경우 이른 아침을 피하고, 아침에 언성을 높이는 것은 금기사항이다. 그러기에 아침나절을 조심하는데, 오늘은 아침부터 속이 상했다.

나는 화초 가꾸는 걸 좋아한다. 아파트 단지에 있는 화단이지만 화단을 가꾼다. 뿌리로 번식하는 화초는 뿌리를 구해다가 심고, 씨앗으로 번식하는 화초는 씨앗으로 키운다. 처음 입주할 당시에는 덩치 큰 나무들만 듬성듬성 있었다. 입주할 때, 장미와 영산홍을 갖고 올 정도로 화단을 가꾸었다. 어떤 식물이든 저절로 자라는 건 없다. 완전히 자랄 때까지 보살펴주어야 한다.

어린 꽃모종은 비 오는 날 심어야 한다. 세상에 꽃을 싫어하는 사람은 없겠지만, 비를 맞아가며 도와주는 사람은 없었다. 같은 단체 부녀회원들조차 비 오는 날은 절대로 도와주지 않았다.

교우 댁에서 등나무를 얻어왔을 때, 무더운 여름이라 제대로 뿌리를 내릴지 걱정되었다. 예전에 아버지께서 나무 옮길 때 구덩이에 막걸리 부어주던 생각이 나서 막걸리를 부어준 다음 등나무를 심었다.

아침저녁으로 물을 준 보람으로 새순이 돋고 덩굴이 오르더니 다음 해 봄에 꽃망울이 맺혔다. 보랏빛 꽃송이 주렁주렁 매달리고 그윽한 향기 풍길 때, 등꽃축제를 열었다. 시골에서 뜯어 온 쑥으로 떡을 찌고 부침개를 부쳐가지고 주민들을 초대했더니 모두모두 좋아했다.

하지만 누구나 꽃을 좋아하는 건 아니었다. 가끔 멀쩡한 화초를 뽑아버리는 심술쟁이가 있었다. 탐스러운 수국이 한두 송이 잘려 나가기 시작하더니 나중에는 꽃가지를 완전히 꺾어버렸다. 날마다 공들인 보람도 없이 무참히 잘려 나간 수국을 보며 내 자식이 다친 것처럼 마음이 아팠다.

오늘 아침에도 그와 비슷한 일이 발생했다. 바로 어제 시골에서 설악초를 얻어다가 심어놓았다. 미국이 원산지인 이 화초는

'산에 눈이 하얗게 덮인 모습'이라 하여 설악초라 부른다. 행여 시들세라 물을 적셔가며 갖고 와서 잘 심어놓았다.

날이 밝자마자 설악초를 보러 갔다. 어찌 된 일일까? 밤새 안녕이라더니, 어제 심어놓은 설악초가 모조리 뽑혀 있었다. 며칠 전에 옥잠화를 뽑아놓았을 때와 똑같은 모습이었다. 누가 그랬을까? 고심하고 있는데, 운동하시는 할머니께서 "조금 전에 경비아저씨가 뽑고 있던데." 하셨다. '설마 경비아저씨가 그럴 리가?' 이해할 수 없었다. 그대로 묵인할 수 없는 일이었다.

경비아저씨가 마당을 쓸고 있었다. "아저씨, 혹시 꽃밭에 가신 적 있으세요?" 물었더니 "조금 전에 갔었는데 왜 그러슈?" 퉁명스럽게 말했다.

평소에도 무뚝뚝하고 퉁명스러웠기에 천성이 그러려니 했다. 그런데 오늘은 평소보다 말씨와 눈빛이 곱지 않았다. 아저씨가 뽑는 걸 본 사람이 있다고 말하고 싶지만, 할머니에게 해가 될까봐 돌아서는 내게 버럭 소리를 질렀다. "얘기하다 말고 왜 그냥 가요?" 거친 말투에 도리질을 하며 "아무것도 아니에요." 하고 돌아섰다. "그러니까 순찰을 돌았나? 안 돌았나? 감시하는 거요?" 하며 시비를 걸었다. "그게 아니라 혹시 화초 뽑은 사람 보셨나? 해서요." "내가 그런 것 지키는 사람이요?" 험상궂은 얼굴만 보아도 정나미가 뚝뚝 떨어졌다.

할머니는 경비아저씨가 뽑는 걸 보았다지만, 험상궂은 분위기로 보아 참는 게 상책이다.

하루의 기분은 아침에 좌우하는데, 콩이야 팥이야 따지다가는 결말이 나지 않을 것 같았다. '참는 자에게 복이 있나니' 성서 구절을 생각하며 나를 달래보았다.

오후에 경비아저씨가 찾아왔다. '무슨 시비 걸려고 찾아왔나?' 걱정했는데, 아침나절과는 완전히 다른 표정이었다. "제가 큰 실수를 했어요. 화초인 줄 모르고…" 황당한 일이었다. 실수를 했으면 잘못을 인정해야지, 거꾸로 반박하다니! 괘씸했지만, 잘못을 깨닫고 사과하러 온 사람 나무랄 수 없었다. 참고 기다린 덕분에 오해와 궁금증이 술술 풀려버렸다.

신흥상회 주인 부부

종암경찰서 정류장을 지날 때마다 떠오르는 사람들이 있다. 행여나 눈에 띌까 버스를 타고 가며 창밖을 기웃거린다. 지금은 고층주상복합 상가가 들어섰지만, 약 십여 년 전만 하더라도 그 자리에 종암시장이라는 재래시장이 있었다.

종암시장 입구에 있던 옷가게, 과일가게, 신발가게, 옹기전은 사라지고 말끔하게 단장한 피자집이며 고급브랜드 전문점이 들어섰다.

시장 입구에서 옷가게를 하던 중년부부가 보고 싶다. 그 분들이 운영하던 가게 상호는 신흥상회였다. 이 부부를 알게 된 것은 어느 무더운 여름날이었다.

그날 강남고속버스터미널에서 강북구 번동까지 운행하는 29

번 버스를 타고 오는데, 퇴근시간과 맞물려서 그런지 좌석은 물론 통로까지 승객이 가득 찼다. 비좁은 공간에 손잡이를 잡고 간신히 서 있는데, 내 바로 옆에 있는 중년 남자가 중심을 못 잡고 비틀거렸다.

이 남자는 버스가 흔들릴 때마다 앞좌석에 앉아있는 젊은 아기엄마 앞으로 쓰러졌다. 아기 엄마가 그 남자에게 "아저씨, 여기 앉으세요." 자리를 양보하면 그 남자는 아기 엄마의 어깨를 다독이며 "괜찮아요! 괜찮아!" 했다. 아기 엄마는 그 남자의 손이 자기 몸에 닿을 적마다 불쾌한 표정을 지었다.

솔직히 그 남자의 몸에서 풍기는 악취는 말로 표현하기 어려울 정도로 심각했다. 맨발에 땟국으로 절어버린 고무신을 신고, 헝클어진 머리와 검게 그을린 손과 얼굴의 주름만 보더라도 고단한 삶을 살고 있다는 걸 알 수 있다.

자기 앞으로 쓰러질 때마다 아기를 끌어안으며 몸을 움츠리던 아기 엄마가 견디기 어렵다는 듯 벌떡 일어서더니 다음 정류장에서 내렸다. 자연스럽게 그 자리에 그 남자가 앉았다.

그 남자의 상의 주머니에 만 원권 지폐가 두둑히 들어있는 게 보였다. 꾀죄죄한 남방에 굵은 실로 삐뚤빼뚤 꿰맨 솜씨만 보더라도 홀아비 신세가 역력했다. 허리만 살짝 구부려도 돈이 쏟아질 것 같았다.

강남고속버스터미널에서 출발하는 그 버스는 시골에서 상경하는 사람들이 많이 이용한다. 언제나 빈자리가 없을 정도로 붐비고, 소매치기가 많기로 소문난 버스다. 허름한 주머니의 돈이 무사하다는 사실이 신기할 정도다.

버스에서 소매치기당하는 현장을 여러 번 목격했기에 그대로 보고만 있을 수 없었다. 그래서 "아저씨, 돈을 이렇게 보이는 곳에 넣고 다니면 어떡해요. 튼튼한 바지 주머니에 넣으세요." 나직이 말했다.

내 말이 끝나기도 전에 지폐뭉치를 꺼내어 "이까짓 돈, 육십만 원 밖에 안 되는 걸 뭘!" 하며 허풍을 떨더니 상의 주머니에 도로 넣었다. 나는 남들 들을까 봐 조용히 말했는데, 그 남자는 돈 자랑을 하고 싶었는지 호기 있게 돈뭉치를 흔들었다.

남자의 행동에 "저러다가 남 좋은 일 시키겠구먼!" 앞자리에 앉았던 아주머니가 쯧쯧쯧 혀를 차며 그 남자더러 "좀 일어나 보구려." 했다. 바지주머니는 멀쩡하겠거니 여겼는데 더 엉망이었다. 도저히 불안하여 내 가방에서 옷핀을 꺼내 상의 주머니에 꽂아주며 물었다. "누구랑 사세요? 무얼 하세요? 어디 가세요?" 혼자 살면서 고물 줍고 아들 생일이라 의정부 아들네 집에 간다고 했다.

그 말을 듣고 "이렇게 꼬질꼬질하게 하고 가면 며느리가 싫어해요. 그리고 힘들게 번 돈 함부로 쓰지 마세요." 했더니 "꼭 우리 딸 같은 말만 하네." 싱글거리며 대꾸했다. 아주머니께서 "아들 생일에 무얼 하러 가느냐? 가지 마라." 말하니 "안 가면 기다린다."고 했다.

의정부까지 가는 동안 저 돈이 무사할 것 같지 않았다. 버스가 종암경찰서 앞 정류장에 도착했다. 앞자리의 아주머니께서 내릴 준비를 할 때, 내가 그 아주머니에게 도움을 청했다.

남자에게 신사복은 아니라도 주머니가 튼튼한 옷 한 벌 선물하고 싶었다. 다른 승객들이 보면 돈을 탐낸 사기꾼으로 오해할까 두려워 아주머니에게 동행을 부탁했다.

아주머니의 설득으로 그 남자도 함께 내렸다. 그 동네 산다는 아주머니를 따라 도로변에 있는 시장으로 들어갔다. 시장 입구에 있는 옷가게 주인 부부에게 사정 이야기를 하고 바지와 남방셔츠를 샀다. 바지와 남방셔츠는 돈을 받고, 팬티와 양말과 러닝셔츠는 선물이라며 안에 가서 갈아입으라고 했다.

그 장면을 목격한 신발가게 아저씨가 고무신을 한 켤레 주셨다. 맨발로 다닌 발등 부분은 까맣게 그을었고, 발바닥은 하얗게 불어 있었다. 의정부로 가는 버스를 태워주며 고생해서 번 돈 함부로 쓰지 말라고 당부했는데, 지금은 어디서 어떻게 살고 있는지 궁금하다.

새 옷에 새 신을 신고 좋아하는 남자를 보며 기뻐하던 신흥상회 주인 부부가 보고 싶다. 그 곳을 여러 번 찾아갔지만, 그 분들을 만날 수 없었다. 주상복합 상가를 신축할 때 가게를 그만 두었다는 소식만 들었을 뿐이다.

세상에는 남의 가슴을 아프게 하는 사기꾼도 많은데, 규모가 작은 옷가게를 운영하면서 아낌없이 베풀어 준 주인 부부의 사랑에 감동했다. '복 많이 받으세요.' 인사드릴 때, 행복해 하던 그 미소! 어디에서 만날 수 있을까.

새 출발의 의미

해마다 새해 첫날이면 산이나 바닷가에서 해맞이를 하는 사람들을 본다. 신문이나 텔레비전 영상을 통하여 해맞이하는 장면을 볼 때마다 너무 부러웠다. 매서운 칼바람을 맞으며 해가 떠오르기를 기다리는 그들이 멋있어 보였다.

우리 도봉구에서는 매년 새해 첫날 도봉산에 있는 마당바위에서 '해맞이' 행사를 한다. 해맞이 행사에 동참할 사람은 새벽 다섯 시 삼십 분까지 주민센터 앞으로 모이라고 했다. 차량준비로 인원을 확인할 적에 미리 신청해 놓았다. 새해 첫날 떠오르는 일출은 새 출발을 의미한다. 그 새로움을 맛보고 싶었다.

새해 첫날 새벽 약속 장소에 갔을 때, 차가운 바람만 쌩쌩 불고 있었다. 출발시간이 오 분이나 경과한 걸 몰랐다. 전날 자정이 넘도록 텔레비전 연말특집프로를 시청하고 늦잠 잔 걸 후회한들 소용없는 일이다. 단체로 움직일 때 지각하는 사람이 미웠는데, 그 미운 짓을 자신이 했으니 부끄러웠다.

혼자라도 갈까? 말까? 마당바위 위치도 모르는데 어떡하나? 날씨도 춥고 집으로 그냥 돌아갈까? 영하의 기온이 흔들리는 내 마음을 유혹했다. 한참 망설이다가 '혼자라도 가야 한다.'고 결론을 내렸다. 새해 첫날부터 계획을 포기하면 일 년 내내 어긋날 것만 같았다. '설마 도봉산에 가서 마당바위 못 찾으랴.'는 심정으로 택시를 탔다.

어둠이 걷히지 않은 도봉산 입구에는 구름처럼 모여든 등산객들로 북적였다. 앞에 걷고 있는 중년남성에게 "아저씨, 마당바위로 가려면 어느 쪽으로 가야 해요?" 물었다. "무조건 이 사람들만 따라가면 됩니다." 그 아저씨 말대로 긴 행렬을 따라 올라갔다. 모두 다 같은 방향을 향해 올라가고 있었기 때문이다.

동이 트지 않은 이른 새벽에 산에 오른 적이 없어서일까? 엉뚱한 상상을 했다. 미지의 세계에 숨어있는 보물을 찾아가는 착각을 했다. 도봉서원을 지나고 천축사를 지나 마당바위까지 약 한 시간 정도 소요되었다.

마당바위에는 축제분위기로 넘쳐흘렀다. 전망 좋은 자리에 앉아 힘들게 올라온 길을 내려다보았다. 저 멀리 아파트촌에 불빛이 반짝거리고, 상가 건물의 네온사인이 어른거렸다. 그 불빛보다 수천만 배 더 밝고 찬란한 태양을 기다렸다.

목적지를 향해 올라올 때는 추운 줄도 모르고 아프지도 않더니 차디찬 바위 바닥에 앉았노라니 무릎이 욱신거렸다. 고질덩어리 무릎 통증은 저무는 해와 함께 사라지길 바랐는데, 왜 여기까지 따라 왔을까?

정확하게 오전 일곱 시 사십 분이 되었을 때, 동쪽 하늘가에 동이 트기 시작했다. 그와 동시에 트럼펫 연주가 울려퍼지고, 새해 소망을 실은 축시가 낭송되었다. 해님이 살그머니 고개를 내밀었을 때, 우레와 같은 함성과 박수가 울려 퍼졌다.

그에 화답하듯 동쪽 하늘가에 커다란 불덩이가 두둥실 솟아올랐다. 찬란한 태양이 온누리를 비출 때, 그 황홀함을 무어라 표현해야 옳을까! 이처럼 경이롭고 신비로운 순간은 처음 보았다. 어두움은 사라지고 세상의 모든 것들이 분명할 만큼 제 모양 제 빛깔이 또렷해졌다.

일출처럼 감격스럽게 하루를 시작하고, 정오처럼 뜨겁게 정열을 뿜어내며 일몰처럼 장엄하게 하루를 장식하라는 글이 있다. 인간은 태양의 선물인 하루를 살 뿐이라고, 이제 과거는 흘러갔다. 새로 맞이하는 시공간들에 의미 있는 삶을 실어보련다.

용기를 내어보니

요즘 외국으로 여름휴가를 떠나는 사람들이 많았다. IMF 경제난 이후 최대 규모의 출국 장면이 보도되었다. 출국장의 인파는 거의 다 피서객이라니 한심한 일이 아닐 수 없다. 날마다 늘어나는 실직자들과 무료급식소 앞에 줄지어 있는 노숙자들, 그보다 전국에 내린 폭우 피해로 물난리를 겪고 있는 실정이다.

수재민을 위한 사랑의 모금운동이 전개되고, 복구 작업이 한창이다. 외국인들까지 복구 작업에 참여하는 상황에 강 건너 불구경하듯 외국으로 피서를 간다는 것은 부끄러운 일이다.

새마을부녀 회원들과 수재 현장에 도착했을 때, 상황은 뉴스로 들은 것보다 더 처참했다. 무엇부터 어떻게 해야 할지 난감할 지경이었다. 흙탕물에 잠겼던 가재도구는 도저히 사용할 수 없을 정도로 망가졌다. 그나마 가옥이 완전히 떠내려간 사람들에 비하면 다행이라 생각되었다. 진흙으로 범벅된 그릇을 씻어놓고 청소를 했다.

힘들고 피곤했지만, 조금이나마 수재민들을 위로할 수 있어 보람을 느꼈다. 다행히 우리나라 국민들은 이러한 천재지변을 겪을 때마다 십시일반 모금운동을 했다. 동방예의지국의 미풍양속이라 생각한다.

IMF경제위기에도 온 국민이 한마음 한 뜻으로 도왔기에 난관을 극복할 수 있었다. 우리나라에 닥쳐온 경제위기는 어느 날 갑자기 찾아온 것이 아니다. 우리 국민들이 흥청망청 낭비한 결과였다. 선조들의 절약정신을 실천했더라면 그러한 경제난국은 없었으리라.

우리가 겪은 경제위기를 돌아본다. 동대문시장에서 옷감가게를 운영하던 우리는 거래처의 연쇄부도로 인하여 폐업하게 되었다. 앞으로 어떻게 살아야하나 걱정되었지만 가족 모두 건강한 것만으로 감사하며 금기사항을 정했다. 그동안 안일하게 지낸 지난날을 자책하며 불필요한 지출을 금하기로 했다.

그동안 가족을 위해 열심히 일한 가장이 하루아침에 실업자가 되었으니 가만히 앉아 보고만 있을 수 없었다. 마침 친정어머니 친구분 댁에서 파출부를 구한다는 소식이 있었다. 내 집 일도 힘든 일을 못했는데 할 수 있을까? 망설이다가 결국 그 일을 자청

하고 말았다. 손목과 무릎이 시큰거리고 힘들었지만 꾹 참고 부지런히 일했다. 직접 일을 해보니 돈을 번다는 것이 얼마나 어려운가를 절실히 느낄 수 있었다.

우리 집에 걱정이 한 가지 늘었다. 초등학생 작은아들 귀가시간이 점점 늦어졌다. 산토끼 잡으려다가 집토끼 놓친다는 격으로 자식들에게 소홀할 수 없었다. 부모의 무관심이 자녀탈선의 원인이기 때문이다.

아이들을 돌보며 할 수 있는 일을 하기로 했다. 고심 끝에 경동시장에 갔다. 과일을 팔기로 결정하고 돌아왔을 때, 멀쩡하던 하늘에서 비가 내리기 시작했다. 점심도 굶어 기운이 없는데 비까지 내리니 맥이 탁 풀려버렸다. 용달차 기사에게 "아저씨, 이 물건 대문 안에 들여주세요." 했더니 "이까짓 비에 좌절하면 어떡합니까?" 하며 과일상자를 모두 풀어주었다. 그렇게 남편의 승용차가 있던 자리에 과일가게를 차렸다.

비가 그치고 동네 사람들이 몰려들었다. 과일을 사러온 게 아니다. 동물원 원숭이 구경하듯 신기한 표정으로 바라보며 수군거렸다. '돈독이 들었어! 돈독이!' 갑자기 변한 내 모습 보고 오해를 했다. 그래서 이렇게 된 동기를 들려주었다. 내 이야기를 듣고 용기가 대단하다고 격려해 주었다.

그날부터 살림하며 장사하느라 손등이 트고 얼굴이 벌겋게 얼었다. 거의 일 년 동안 또순이아줌마 별명 들으며 열심히 살았다.

자존심을 버리고 다시 시작하자는 내 권유를 뿌리치던 남편이 드디어 일거리를 찾아 나섰다. 아이들 도시락 싸놓고 새벽시장 가는 내 모습에 용기를 얻었다고 했다. 남편이 중고 용달차를 구입했을 때 힘든 일을 하지 않던 사람이 무거운 짐을 올리고 내릴 수 있을까? 걱정되었다.

그러나 그러한 걱정은 기우에 불과했다. 이른 새벽 일터로 떠난 남편이 클랙슨을 빵빵 울리며 당당하게 돌아왔다. 당당하게 돌아오는 남편을 동네 사람들이 박수로 맞아주었다. 대문 앞에 돗자리를 펴고 동네 사람들과 막걸리파티할 때 행복했다. 남편이 용기를 얻었다는 자체만으로 감사했기 때문이다.

성실한 남편 덕분에 우리 가정에 다시 평화가 깃들었다. 그때 힘들었던 시절을 돌아보며 절대로 낭비하지 않는다. 그러한 경험으로 외국으로 피서 가는 사람들을 이해할 수 없다. 자기들 주머니 사정대로 피서를 가거나 말거나 상관할 일은 아니다. 다만 시기적으로 적절하지 않을 뿐이다. 수해 지역에 가서 땀 흘려 일하면 멋진 피서되리라 권하고 싶다.

호랑이보다 무서운 복중伏中 손님

며칠 동안 기온이 35도를 넘나드는 폭염이 이어졌다. 삼복더위라지만 이렇게 푹푹 찌는 더위는 처음인 것 같다. 냉수에 얼음을 동동 띄워 벌컥벌컥 마셔보아도 시원한 걸 모르겠다.

날이 저물면 좀 서늘해지려니 기대했지만 열대야현상으로 밤잠까지 설쳤다. 이렇게 더운 여름이면 어머니 생각이 난다. 내 고향은 해수욕장으로 유명한 대천이다. 평소에는 자주 왕래하지 않던 친척들이 여름만 되면 우리 집으로 피서를 왔다. 아이들은 방학이라며 해수욕하러 오고, 어른들은 모래찜질하러 오고 어지간히 손님들이 꼬였다.

어머니 고생하는 건 아랑곳없이 여러 날 묵어가는 친척들, 여름 내내 손님 치다꺼리에 쉴 틈 없는 어머니 등에는 땀띠가 가라

앉을 겨를이 없었다. 삼시 세 때 불을 때서 밥을 해대던 시절, 어머니는 여름 돌아오는 게 겁난다고 하셨다. '호랑이보다 무서운 건 복중(伏中)에 찾아오는 손님이라'고.

어머니 말씀처럼 우리 집에 호랑이보다 무서운 복중 손님들이 도착했다. 방학을 맞은 손자들이다.

세상에서 제일 귀여운 손자들이지만, 꼬마손님은 어른보다 몇 곱절 신경이 쓰이게 마련이다. 먹이고 재우고 놀아주고 일일이 씻겨 주어야 한다. 다섯 살, 여덟 살 철부지들이라 아무리 주의를 주어도 복도에서 큰 소리로 떠들고 뛰어다닌다. 이웃집 모두 연로한 어르신들이라 여간 신경 쓰이는 게 아니다.

이웃 눈치 보지 않으려면 야외로 나가는 게 상책이다. 그래서 아이들과 지낼 계획표를 짜 놓았다. 첫날은 동승동에 있는 마로니에 공원에 데리고 가고, 다음 날은 발바닥 공원에 가서 놀고, 그 다음 날은 무수골 계곡에 가서 물놀이 하기로 정해 놓았다.

산에 가는 날, 손자들이 좋아하는 할머니표 김밥을 말아놓고 과자와 과일, 음료수를 넉넉히 준비했다. 물놀이 하다가 적시면 갈아입힐 여벌 옷도 챙기고 비상용 약품으로 물파스와 피부연고까지 챙겼다. 자주 다니던 길이라 아이들이 룰루랄라 신나게 앞장섰다.

원통사 아래 무수골에 계곡이 있다. 가재와 송사리 떼들이 보일 만큼 물이 맑다. 유유히 헤엄치는 송사리 떼를 보고 개구쟁이들이 그냥 있을 리 만무하다.

맨발로 뛰어 들어가 돌멩이를 들었다 놓았다 하며 텀버덩거리더니 두 녀석 옷이 금세 젖어버렸다. "할머니! 옷이 젖었는데 어떡해요?" 큰 손자가 걱정스러운 표정으로 물었다. "걱정 말고 실컷 놀아!" 할머니의 선심에 "와! 신난다!" 하며 마음대로 물속을 휘젓고 다녔다.

물속을 휘젓고 다니던 녀석들이 환성을 질러댔다. 두 손바닥을 맞붙여 오그린 채 엉거주춤 서 있는 큰 손자가 송사리 담을 그릇을 달라고 재촉했다. 무슨 재주로 잡았는지 송사리 한 마리가 손바닥 위에서 팔딱거렸다.

과일 담았던 비닐봉지에 물을 부어주었더니 엄마아빠 보여줘야 한다고 송사리를 담은 봉지를 서로 들겠다고 다투었다. 멀쩡하던 아이들 얼굴에 빨간 반점이 보였다. 송사리 잡는데 정신이 팔려가지고 모기가 무는 것도 몰랐던 모양이다. 내 자식들 같으면 그까짓 모기 물린 것쯤 걱정도 아니련만 '애 본 공은 없다.'고 은근히 걱정되었다.

더 놀다 가겠다는 아이들을 달래어 내려오는 길이었다. 울퉁불퉁 바위 길을 내려오는데, 송사리 봉지를 들고 앞장섰던 작은녀석이 넘어지며 비명을 질렀다.

아이를 일으켜 세우는 순간 너무 놀랐다. 이마에서 피가 흐르며 순식간에 얼굴과 옷이 피투성이가 되었기 때문이다. 이마를 손으로 막으며 "도와주세요! 빨리요! 빨리!" 다급한 소리에 등산객들이 뛰어왔다. 그들에게 "쑥 좀 뜯어 주세요." 부탁했다. 그들이 뜯어온 쑥을 비벼 출혈점을 지그시 눌러주었더니 피가 멎었다.

지혈은 되었지만 '몇 바늘이나 꿰매야 하나? 아들 며느리를 무슨 낯으로 보나?' 불안했다. 응급실에 데리고 갈 요량으로 부랴부랴 내려오다가 상처를 들여다보았다. 세상에 이럴 수가! 그렇게 많은 피가 어떻게 흘렀을까? 의심할 정도로 흠집이 작았다.

집에 도착하자마자 제 아빠엄마에게 보고하느라 바쁜 녀석들. 서로 수화기를 주고받으며 수선을 피우더니 "엄마가 할머니 바꾸래요." 하며 수화기를 건네주었다. "어머니, 많이 놀라셨지요?" 며느리와 통화를 마치고 비로소 놀란 가슴을 쓸어내렸다. 얼마나 애를 태웠던지 무덥던 더위가 싹 달아났다.

홀로서기 연습

옆집에 비둘기처럼 다정한 노부부가 살았다. 당뇨 합병증으로 고생하던 할머니가 하늘나라로 떠난 후, 할아버지는 조석(朝夕) 때만 되면 아들네 집으로 식사하러 다녔다.

어둠이 깃든 어느 날, 어깨를 축 늘어뜨린 할아버지가 힘없이 걸어오셨다. "할아버지, 진지 잡수셨어요?" 여쭈었더니 "밥을 주는 놈이 있어야 먹지요." 하며 한숨지었다. 딸네와 아들네가 지척에 있지만, 딸과 며느리 모두 직장생활을 한다. 딸은 K대학병원에 근무하고 며느리는 피아노학원을 운영한다.

그 댁 할머니는 후리후리한 키에 얼굴도 예쁜 미인이었다. 외출할 땐 고급스런 의상에 머리 손질까지 신경 쓰는 멋쟁이였다. 그 댁 문갑 위에는 항상 약봉지가 수북했다. "나~ 사실은 빛 좋은 개살구야. 겉으로 보기엔 멀쩡한 것 같지?" 하며 할머니는 속옷을 걷어 올리고 뱃살을 보여주었다.

하얀 뱃살에 주사바늘 자국이 선명했다. 날마다 인슐린 주사를 맞아야 하는 당뇨 환자였다. 언제나 단정하고 표정이 밝아 건강한 줄만 알았다.

어느 날 할머니가 당뇨 합병증으로 입원을 했다. 서너 달 후 할머니가 퇴원했는데, 산소호흡기를 연결한 채 집안일을 하고 계셨다. 그 모습이 안쓰러워 "그런 몸으로 퇴원하시면 어떡해요?" 했더니 "영감 조석 때문에 안 그러나." 하며 반찬을 만들었다.

그러던 할머니가 결국 세상을 떠났다. 밥도 할 줄 모르고 세탁기 사용할 줄 모르는 영감 때문에 어떻게 눈을 감으셨을까! 할머니 계실 땐 자주 드나들던 자식들 발길도 뜸해졌다. "할아버지! 이제 아들네 그만 가세요." "그럼 굶어 죽으라고요?" "굶긴 왜 굶어요. 쌀 씻어서 전기밥솥에 안쳐놓으면 저절로 밥이 되는데 무얼 걱정하세요. 제가 가르쳐드릴게요." "이 나이에 살림 배우란 말이요?" 하며 역정 내셨다.

우리나라 풍습에 버려야 할 관습이 있다. 남정네가 부엌에 드나들면 체신이 떨어진다는 잘못된 관습으로 대부분의 남자들이 부엌 출입을 꺼렸다. 말기암 환자인 아내를 도울 생각은커녕, 삼시 세 때 꼬박꼬박 밥상을 대령했다는 할아버지가 노령에 고생길에 들어섰다.

홀로 되신 옆집 할아버지를 보며 우리 부부도 홀로서기 연습을 하기로 했다. 세상을 떠나는 일은 순서가 없다. 하늘에서 누구를 먼저 부를지 아무도 모른다. 당뇨약을 복용하는 내가 먼저 떠날 경우, 옆집 할아버지처럼 아무것도 못할까 봐 남편에게 밥물 맞추는 것이며 반찬 만드는 것을 가르쳐 주었다.

차근차근 배운 우리 남편 살림 실력이 점점 늘었다. 밥도 잘 짓고 색깔 있는 빨래와 색깔 없는 빨래를 구분하여 세탁하고 다림질까지 잘했다. 어쩌다 내가 외출에서 늦을 땐 밥을 고실하게 지어놓고 기다렸다. 마실 물이 떨어질 것 같으면 보리차를 미리 끓여놓고, 굵은 소금으로 물병 소독도 말끔하게 했다.

쉬는 날이면 마누라 들으라고 '바쁘다~ 바빠~ 돈 벌어와야지 청소해야지~ 빨래해야지~' 하며 궁시렁거렸다. 남편이 일하는 동안 나는 책을 읽거나 텔레비전을 시청하며 자유를 누렸다.

콩국수를 좋아하는 남편에게 콩 삶는 방법이며 콩국 거르는 과정을 가르쳐 주고 국수 삶는 요령도 가르쳐 주었다. 물이 펄펄 끓을 때 국수를 넣고 뚜껑을 덮은 다음 찬물을 두어 번 끼얹어야 쫄깃하다고 했다.

남편은 콩국수를 직접 만들 정도로 숙달되었다. 주방 근처에 얼씬도 안한다는 시동생이 어느 날 우리 집에 다니러 왔다가 국수를 삶고 있는 남편을 보고 "우리 형님, 별걸 다 하시네!" 하며 흉을 보았다.

그와 반대로 나는 전등 교체하는 방법, 벽시계 건전지 교체하는 방법, 현관문 건전지 교체하는 방법, 보일러 작동하는 걸 배웠다. 주방 일을 돕는 아버지를 보고 자란 두 아들 역시 주방 일을 잘 돕는다. 제 아내 입덧할 때 바지락 수제비를 만들어 주고 설거지도 도맡았다. 능숙한 솜씨로 아기 목욕 씻기고 기저귀도 척척 갈아주었다.

여자만 집안일 하라는 법은 없다. 남자든 여자든 자신의 의식주 문제는 스스로 해결할 줄 알아야 한다. 남자라는 이유로, 나이 들었다는 이유로 바쁘게 생활하는 자식들에게 의존해서는 안 된다고 생각한다.

어머니의 홍시

감나무마다 감이 무르익었다. 추석 무렵부터 과일가게에 홍시가 나오기 시작하지만, 추석 때 나오는 홍시는 자연으로 숙성된 게 아니다. 약품을 넣어 억지로 익힌 것이라 본래의 맛이 나지 않는다. 입동이 지나고 서리가 내릴 때쯤 되어야 제대로 숙성되어 달고 맛있는 홍시가 된다.

우리가 거주하는 아파트에 감나무가 여러 그루 있다. 단단하게 여무는 단감나무도 있고, 떫어서 숙성시켜 먹어야 하는 대봉도 있다. 해마다 가을이면 아파트단지에서 단감축제가 열린다. 지난해에는 나뭇가지가 부러질 정도로 많이 열렸었는데, 금년에도 엄청 많이 열렸다.

오늘은 연례행사로 관리실 직원들과 주민들이 감을 따는 날이다. 장정들이 감나무에 올라가서 감을 따면 아낙네들은 손질을 했다. 실수로 땅바닥에 떨어뜨린 감은 모래가 묻어 먹을 수가 없다.

땅바닥으로 떨어지는 감은 대부분 말랑말랑한 홍시다. 달고 맛있는 홍시가 땅바닥으로 떨어지는 게 아까워서 집에 있는 돗자리를 갖다가 깔아놓았다.

잠자리채에 양파망을 끼워가지고 딸 때도 조심조심, 꺼낼 때도 조심조심. 모두들 조심스럽게 다루었다. 상처 없이 성한 감과 성치 못한 감을 분리하고, 성치 못한 감과 홍시는 그 자리에서 나누어 먹었다. 감나무에서 금방 딴 홍시는 정말이지 꿀맛이었다.

홍시를 보면 떠오르는 일화가 있다. 고향 이웃에 치아가 하나도 없는 할머니가 계셨다. 내 친구 정아 할머니다. 동네 사람들은 정아 할머니를 합죽할머니라고 불렀다.

어느 날 정아네 집에 갔을 때, 할머니가 맨발로 봉당 바닥에 철퍼덕 앉아계셨다. 그때 정아 아버지가 홍시를 담은 봉지를 들고 오더니 할머니께 드렸다. 할머니가 그걸 치마폭에 감추고는 손녀딸도 주지 않고 혼자 잡수셨다.

우리 할머니는 무엇이든 혼자 잡수시는 걸 본 적 없는데, 정아 할머니는 어쩌면 저렇게 혼자 잡수실까? 말랑말랑 잘 익은 홍시를 볼 때마다 그때 그 장면이 떠올랐다. 얼마나 잡숫고 싶었으면 치마폭에 감추고 잡수셨을까?

세월이 흘러 곱던 우리 어머니도 합죽할머니가 되었다. 치아가 성치 않아 딱딱한 과일을 잡수실 수가 없다. 어머니도 부드러운 떡이나 말랑거리는 홍시를 좋아하셨다.

작년 가을 어머니를 뵈러 갈 적에 어머니가 좋아하시는 떡과 과일을 사가지고 갔다. 어머니가 좋아하는 과일은 과즙이 풍부한 배를 좋아하셨는데, 치아 때문인지 말랑말랑한 홍시를 더 좋아하셨다. 노인이 되면 도로 아기가 된다더니 우리 어머니 역시 정아 할머니처럼 홍시 봉지를 치마폭에 감추었다.

금년엔 다른 해보다 유난히 감이 풍년이다. 오늘따라 어머니가 무척 보고 싶다. 말랑말랑한 홍시 실컷 잡수시라 드리고 싶어도 이제는 그럴 수 없다. 어머니가 작년 겨울 하늘나라로 여행을 떠나셨기 때문이다.

비우면서 채우고

러시아의 대문호 톨스토이는 "사람들은 겨우살이는 준비하면서 죽음은 준비하지 않는다."고 했다. 그 글을 읽으며 다행히 우리나라는 죽음에 대한 준비는 잘 하는 나라에 속한다고 생각한다.

예로부터 부모님 회갑 연세가 되면 수의를 장만하는 풍습이 있었다. 그리고 더 연로하시면 미리 장지를 마련하는 걸 당연하게 여겼다. 수의를 장만해 놓으면 장수한다며 윤달이 든 해에 길일을 택하여 미리미리 장만했다.

우리 할머니 수의를 장만하던 일이 떠오른다. 수의를 만드는 날 축제분위기로 동네 어른들과 친척들 모두 모여 잔치를 베풀었다. 명을 다하여 돌아가셨을 때, 대청마루에 상청을 모셔놓고 삼

년 동안 삼시 세 때 상식을 올렸다. 그렇게 삼년상을 치르던 전통 장례문화가 시대의 변천에 따라 점점 간소화되었다.

예전에는 100세 노인에게 장수상을 드렸는데, 지금은 100세 이상 장수노인이 만여 명이 넘는다고 한다. 장수시대가 되었다고 기뻐하지만, 수명이 연장되었다고 기뻐할 일은 아니다. 건강하게 장수한다면 얼마나 좋을까? 요양병원에서 고통스러운 세월을 보낸다면 그보다 더 큰 불행은 없으리라.

장수프로에 출연한 노인들이 강조하는 건강비결은 절대로 음식을 탐하지 말고 소식하라고 했다, 그리고 많이 움직이라고 했다.

우리 인생 언제 하늘에서 부를지 아무도 모른다. 그러기에 정신 멀쩡할 때 차근차근 준비해야 한다. 십 년 동안 요양병원에 계시다 돌아가신 친정어머니처럼 되고 싶지 않았다. 그땐 우리나라에 연명의료제도가 없었지만, 지금은 연명의료 결정제도가 제정되어 스스로 결정할 수가 있다.

연명의료결정법이란 회복 불가능한 환자가 혈액투석이나 인공호흡기를 거부할 수 있는 제도이다. 이 일은 자식들이 할 수 없는 일이기에 국민건강관리공단에 가서 연명의료의향서에 등록했다. 그리고 〈당신의 결정을 존중합니다〉라는 메시지와 함께 등록증이 도착했다. 미리 준비해 놓은 영정사진과 등록증을 자식들이 찾기 쉬운 서랍에 넣어두었다.

이제 내가 해야 할 일은 건강을 지키는 일이다. 노후를 건강하게 보낼 수 있는 취미생활 중 텃밭 가꾸는 것을 권장했다.

정서적으로나 육체적으로 유익한 텃밭 가꾸기는 내 적성에 딱 맞았다. 자신의 체력에 맞는 규모를 선택하는 것이 중요하다. 식물이 자라는 과정을 보면 기쁘고 즐겁다. 텃밭 가꾸는 재미에 푹 빠져있던 내게 걱정거리가 생겼다.

K 때문이다. 그녀는 한 동네 사는 고향 사람이다. 내가 가꾼 채소를 맛본 후, 자기도 가꾸어 먹고 싶다고 했다. 주변에 텃밭 분양하는 곳이 많은데, 하필이면 내 텃밭에 하겠다고 고집했다.

농사와 장사는 동업이 없다는 말이 있다. 그 말은 사람의 성격이 다르기 때문이다. 그녀와 나는 성격이 완전히 다르다. 부지런한 나와 달리 그녀는 너무너무 게으르다. 완강히 거절했지만, 하도 애원하는 바람에 결국 응낙하고 말았다.

사람은 말과 행동이 같아야 하건만, 그녀는 그렇지 않았다. 함께 하겠다고 했으면 당연히 일도 함께 할 줄 알았다. 그녀는 일을 한 번도 돕지 않았다.

풀 한 포기 뽑은 적 없고 가뭄에 물 준 적 없다. '일하기 싫으면 먹지도 말라.'는 성경 말씀처럼 일하지 않았으니 먹지도 않을 줄 알았다. 그러나 그녀는 채소를 마음대로 뽑아갔다. 내가 없는 시간을 골라 상추를 뜯고 배추를 뽑아가는 그녀를 어떡해야 하나? 고민할 때 김수환 추기경님의 글이 떠올랐다.

'남은 세월 얼마나 된다고 가슴 아파하지 말고 나누며 살다 가자 버리고 비우면 또 채워지는 것 있으리니 나누며 살다가자 누구를 미워도 원망도 하지 말자. 많이 가졌다고 행복한 것도, 적게 가졌다고 불행한 것도 아닌 세상살이 재물 부자면 걱정이 한 짐이요, 마음 부자면 행복이 한 짐인 것을 죽을 때 가지고 가는 것은, 마음 닦는 것과 복 짓는 것뿐이라오.'

세상 만물의 색깔이 다르듯, 사람의 성격도 모두 다른 걸 몰랐다. 지인들에게 "제가 가꾼 채소 맛 좀 보세요." 선물하면서 K를 미워했다. 김수환 추기경님 말씀대로 남은 세월 얼마나 된다고, 가슴 아파하지 말고 나누며 살기로 했다.

무너진 신뢰

111년만의 기록적인 폭염으로 수많은 닭과 오리 그리고 돼지들이 폐사되고, 양식장의 물고기들이 폐사되었다. 계속된 가뭄으로 과일도 정상적으로 성장하지 못하고 모든 농산물이 품귀현상이었다. 생산자들의 근심걱정은 물론이고, 계속 올라가는 물가 때문에 주부들의 걱정이 이만저만 아니었다.

한국인이면 누구나 마찬가지겠지만, 특히 우리 가족은 밥상에 고기 반찬은 없어도 김치는 반드시 있어야 한다. 오랜 세월 우리 입맛에 길들여졌기 때문이다. 요즘 김치가 아니라 금치라고 부를 정도로 채소 값이 폭등하여 음식점에서 "김치 좀 더 주세요." 하면 못 들은 척할 정도로 채소 값이 올랐다.

뉴스시간에 바짝 말라죽은 고추밭과 채소밭을 영상으로 보았다. 당장 먹는 김치도 중요하지만, 김장을 담그려면 고춧가루가 꼭 있어야 한다. 고춧가루가 없어도 되는 백김치도 있지만, 우리 가족은 백김치보다 매콤한 고추로 담근 김치를 좋아한다. 김장철이 다가오기 전에 고추를 장만해야 한다.

해마다 추석 전에 고추를 장만했었다. 제일 먼저 따는 맏물 고추보다 두 번째 따는 두 물 고추를 선호한다. 빛깔이 곱고 육질도 두터워 고춧가루가 많이 나오기 때문이다.

시골에 있는 친지댁에서 연락이 왔다. 다른 동네는 흉작이지만, 다행히 그 동네는 풍년이라고 했다. 작년에 600그램에 10,000원이었는데, 금년에는 25,000원으로 인상되었다. 고추 한 근은 600그램이다. 고추 값이 계속 오른다며 재촉하기에 25,000원씩 20근 값을 미리 송금했다.

고추를 말리는 대로 먼저 보내주겠다더니 추석이 지나고 한 달이 넘도록 소식이 없었다. '설마 가격 변동이 있는 건 아니겠지.' 여기던 어느 날, 고추농가에서 연락이 왔다. 농협에 다녀오는 길이라며 600그램에 30,000원으로 인상되었다고 했다.

농부들의 애로를 모르는 건 아니다. 그러나 약속은 지켜야 하지 않을까? 물건을 사다 파는 중간상인도 아니고, 직접 농사지어 팔면서 약속을 어기는 상술에 기분 나빴다.

송금한 금액 모두 환불 받고 동네 방앗간에 갔다. 고추 값이 오른 건 확실하다. 작년에 600그램에 1만 원이던 태양초가 18,000

원이 되었다. 이렇게 차이가 날 줄 몰랐다. 더 이상 망설일 필요 없었다. 맵고 빛깔 좋은 태양초를 20근을 구입하고도 돈이 많이 남았다. 고추를 저렴하게 구입해서 기분 좋고, 고추를 무료로 빻아주어 기분 좋았다.

지난번 충주로 여행 갔을 때, 길가에 농산물을 파는 아주머니들이 줄지어 있었다. 콩, 감, 무, 배추, 호박, 더덕, 풋고추, 도라지, 고사리 등 직접 농사 지은 농산물과 나물이었다. 이것저것 둘러보다가 더덕을 팔고 계신 할머니 앞에 멈추었다. 물건을 파는 분 중 연세가 가장 많아 보였기 때문이다.

백발에 허리 굽은 할머니가 이끼로 덮어 놓은 더덕을 가리키며 "이거 우리 아들이 캐온 거야." 하셨다. 할머니 말씀만 믿고 무조건 더덕을 샀다. 집에 와서 손질하는데, 더덕 향이 없는 데다가 끈적이는 진도 없었다. 순박해 보이는 시골 할머니께서 수입 더덕을 국산이라고 속일 줄 몰랐다.

예전에는 시골 인심이 무척 후했다. 농사 지은 거라며 덤을 주던 아름다운 인심은 옛이야기가 되었다. 그땐 수입품을 국산이라 속일 줄 모르고, 약속을 어기며 가격을 마음대로 올릴 줄도 몰랐다. 순박했던 시골 양반들도 세월과 함께 변하는 것인지 아쉬운 마음 가득할 뿐이다.

호미로 막을 일을

산에서 내려오는데 갑자기 허기를 느꼈다. 당뇨 환자는 외출할 때 반드시 사탕이나 초콜릿을 준비하도록 되어 있건만, 주머니에는 아무것도 없었다. 빨리 가서 허기를 해결해야겠다는 일념으로 서둘러 내려왔다.

내리막길에서 온몸에 힘이 빠지며 어지럼증을 느끼는 순간 비탈진 언덕 아래로 굴렀다. 구를 때 왼쪽 발목에서 우두두둑 소리가 들리더니 복사뼈가 부어올랐다. 마음은 빨리 일어서고 싶은데 몸이 말을 듣지 않았다.

곁에 있는 나무를 잡고 간신히 일어나 둔탁한 다리로 엉금엉금 기어 나왔다. 아픈 발목을 주무른 다음 절름거리며 집으로 돌아왔다.

산행하며 발목 다치는 사람들을 여럿 보았기에 '며칠 고생하면 낫겠지!' 대수롭지 않게 여겼다. 허기를 먼저 해결해야 하겠기에 점심을 먹고 동네 정형외과에 갔너니 섭수대에 '점심시간'이라는 팻말이 놓여있었다.

진료를 기다리던 할머니가 '발목 삐었을 땐 침 맞는 게 빠르다.'며 곁에 있는 한의원을 가리켰다. 점점 부어오르는 발목을 바라보며 재촉했다. 엉겁결에 그 할머니를 따라 한의원에 갔다. 뼈에 이상이 있는지 X레이부터 촬영해야 한다고 한의사에게 이야기했더니, 한의원에서도 확인할 수 있다며 작은 기구를 환부에 대고 느낌을 물었다.

뼈에 이상이 있으면 따끔따끔하다는데 아무런 느낌이 없었다. 뼈에 이상이 없다는 증거라며 복사뼈 주변에 침을 딱 네 대 꽂았다. 그것이 치료의 전부였다. 어혈을 빼주고 물리치료를 할 줄 알았는데, 성의 없는 치료에 비해 비싼 진료비를 내고 기분이 좋지 않았다.

다음날의 일정이 걱정스러웠다. 도봉문화원에서 진행하는 향토문화 탐방을 가는 날이다. 만물이 소생하는 따뜻한 봄에 유적지 탐방을 기대했는데, 하필 발목을 다쳤으니 고민이 이만저만 아니었다. 열심히 얼음찜질하고 베개에 발을 올려놓고 잠을 자는 등 최선을 다했다.

다음날 아침 통증이 감소되고 부기도 빠져 있었다. 더 붓지 말라는 뜻으로 꽉 끼는 고탄력 스타킹을 신은 다음 그 위에 두툼한 면양말을 겹쳐 신었다. 넉넉한 운동화를 신고, 계단 오르내릴 때를 생각하여 등산용 지팡이까지 챙겨 들고 출발 장소인 구민회관 앞으로 나갔다.

출발 시간이 일곱 시 삼십 분인데 여섯 시 십 분쯤 도착했으니 기다려도 한참 기다려야 한다. 계절은 꽃피는 춘삼월이지만 새벽 기온은 춥고 바람까지 일렁였다. 미리 와서 대기할 줄 알았던 관광버스는 출발시간이 임박해서야 도착했다.

충남 논산에 있는 돈암서원을 견학하고 황산벌 싸움에서 용맹을 떨쳤던 계백장군 묘소도 참배했다. 박물관 견학을 마친 다음 개태사를 다녀올 때까지 일행들을 잘 따라다녔다. 그러나 은진미륵이 있는 관촉사는 지대가 높고 계단이 많아 포기할 수밖에 없었다.

저녁나절 집에 도착하여 양말을 벗었을 때 후끈후끈 발에서 열이 났다. 종일 운동화를 벗을 일이 없었으니 감각이 둔하여 열이 나는 것도 제대로 느끼지 못했다. 찬물로 씻고 얼음찜질을 했더니 부기가 가라앉고 열도 내렸다.

다음날, 정형외과에 갔다. 의사 선생님으로부터 꾸지람만 실컷 들었다. '점심시간이 몇 시간이나 된다고 그 동안을 못 기다렸느냐?'고 나무랐다. 차마 논산까지 유적지 탐방 다녀온 이야기는 할 수 없었다.

X레이 촬영 결과 인대가 파열되어 무릎까지 깁스를 했다. 목발을 짚고 돌아오며 후회를 했다. 유적지 탐방은 나중에 얼마든지 갈 수 있는 것을 왜 바보짓을 했을까. 다리를 혹사시킨 만큼 치료 기간이 길다니 걱정스러웠다.

다리를 함부로 움직이지 말라는 의사의 지시에 따라 남편이 밥하고 빨래하고 청소하고 마누라 시중까지 들었다. 외출할 땐 머리맡에 간식과 물을 챙기고, 삼시 세 때 밥 차려준 남편 보기 미안했다. 천번만번 후회한들 소용없는 일이었다. 호미로 막을 일 가래로 막았으니…

김국자 수필집

어머니의 홍시

초판 1쇄 · 2021년 8월 25일

지은이 · 김국자
그린이 · 김천정
펴낸이 · 안종완

편집장 · 박옥주
편집부 · 김승현

펴낸곳 · 세계문예
등록일 · 1998년 5월 27일(제7-180호)

주　소 · (우)01446 서울특별시 도봉구 도봉로 109길 78, 101호
전　화 · 02-995-0071~3, 02-995-1177
팩　스 · 02-904-0071

이메일 · adongmun@naver.com
adongmun@hanmail.net
홈페이지 · www.adongmun.co.kr
카　페 · http://cafe.daum.net/adongmunye

ISBN 979-89-6739-148-5　03810